Vielleicht
dürfen wir bleiben

Die Norwegerin Ingeborg Kringeland Hald wurde 1962 geboren. Das Kinderbuch »Vielleicht dürfen wir bleiben« ist ihr Debüt als Schriftstellerin und wurde in Deutschland mit dem Leipziger Lesekompass 2016 ausgezeichnet. Sie lebt in Haugesund, Norwegen.

Maike Dörries wurde 1966 in Norddeutschland geboren und streckte schon früh ihre Fühler nach Skandinavien aus. Seit 1989 ist sie als freie Übersetzerin aus dem Norwegischen, Schwedischen und Dänischen tätig. 1996 wurde sie mit dem Deutschen Jugendliteraturpreis ausgezeichnet.

INGEBORG KRINGELAND HALD

Vielleicht
dürfen wir bleiben

Aus dem Norwegischen von Maike Dörries

CARLSEN

Dieses Buch wurde mit Unterstützung von NORLA, Oslo, veröffentlicht.

Veröffentlicht im Carlsen Verlag
April 2017

Originaltitel: »Albin Prek«
Published by agreement with Hagen Agency, Norway

Umschlaggestaltung und -typografie: formlabor
Corporate Design Taschenbuch: bell étage
ISBN 978-3-551-31621-9

1

Ich ziehe meine Mütze bis fast über die Augen und den Reißverschluss der Steppjacke bis übers Kinn. Springe auf die Straße und strecke den Arm raus. Der Bus hält an.

Äußerlich bin ich ganz cool. Aber vielleicht liegt das auch daran, dass ich zu lange im frostigen Wald gehockt habe.

Den Fahrer kenne ich zum Glück nicht. Er nimmt meine Buskarte, sieht sie an und gibt sie mir mit einem Lächeln zurück, als die Türen hinter mir zugleiten.

Ist er einfach nur nett, oder war das ein hinterhältiges Lächeln? Vielleicht denkt er ja: Bürschchen, ich sehe dir doch an, dass du abgehauen bist. Warte nur, bis du dich hingesetzt hast. Dann verriegel ich die Türen und ruf die Polizei.

Ich überlege, ob ich sagen soll, dass ich doch lieber wieder aussteigen will, aber der Busfahrer beachtet mich gar nicht. Er legt den Gang ein und setzt den Blinker. Der Bus protestiert ächzend, als er Gas gibt, und ich stehe wie festgenagelt auf der Gummimatte im Mittelgang.

»Bitte setz dich, bevor du fällst und dir wehtust«, sagt er, ohne den Blick von der Straße zu nehmen.

Ich schaffe es, meine Füße loszureißen, und torkele durch den Gang nach hinten, als der Bus auf die Fahrbahn schwenkt.

Außer mir sitzen noch ein alter Mann und zwei Mädchen in dem Bus. Ich kenne keinen von ihnen.

Der alte Mann schläft. Seine Augen sind ganz eingesunken in das runzelige Gesicht. Die Mädchen sehen mich an, als ich vorbeigehe.

Die Jüngere lächelt. Ihr Haar glänzt in der Sonne.

Ich will das Lächeln erwidern, kriege es aber nicht hin.

In meinem Bauch hat sich ein fester Knäuelball gebildet, der jeden Moment aus meinem Bauch raus durchs Fenster auf die Straße zu hüpfen droht.

Nicht ich beschließe, mich hinter die Mädchen zu setzen, sondern der Bus, als er durch ein Schlagloch fährt.

»Hast du dich als Weihnachtsbaum verkleidet? Es ist doch noch gar nicht Weihnachten.« Die Jüngere versucht, ihren Kopf durch die Lücke zwischen den Rückenlehnen zu quetschen.

Als Weihnachtsbaum verkleidet?

So eine blöde Frage.

Noch kann ich mir vielleicht unauffällig einen anderen Platz suchen.

Es hat ja jeder gesehen, dass ich unfreiwillig auf ausgerechnet diesen Platz geschleudert wurde.

Das Knäuel in mir will sich einfach nicht lösen, egal wie tief ich in den Bauch atme.

Mama hat gesagt, man soll tief in den Bauch atmen, wenn man Angst hat. Und dass man den Bauch kreiselnd massieren soll, gegen den Uhrzeigersinn.

Aber ich kann mir doch hier nicht den Bauch massieren. Das sähe ja wohl völlig idiotisch aus. Noch idiotischer, als sich im Oktober als Weihnachtsbaum zu verkleiden.

Ich versuche es mit dem Atmen und knete unauffällig meinen Bauch, aber der Knoten löst sich nicht.

»Ich frag nur, weil du einen Tannenzweig mit Zapfen an der Mütze hast.«

Ein Auge wird zwischen den Rückenlehnen sichtbar.

»Ich heiße Lisa und meine Schwester heißt Amanda. Sie ist zwölf. Ich bin sechs. Wie heißt du? Wir wollen Oma und Opa besuchen. Wo willst du hin?«

Bevor ich antworten kann, zieht die große Schwester Lisa zurück auf ihren Platz und faucht sie an.

»Du darfst nicht mit Fremden reden. Oder verraten, wie wir heißen. Und erst recht nicht, wo wir hinfahren.«

An meiner Mütze hängt wirklich ein Tannenzweig. Ein ziemlich großer sogar. Kein Wunder, dass Lisa meint, ich sähe aus wie ein Weihnachtsbaum. Vielleicht hat der Busfahrer deshalb so gegrinst.

Aber vielleicht auch wegen ganz was anderem.

2

Mama hat sich die Lunge aus dem Hals geschrien, aber ich habe nicht geantwortet.

Ich musste mir ins Knie beißen, um nicht zu antworten, die Arme um die Beine schlingen, damit sie nicht von alleine den Hang hinunterlaufen.

Fast alle von der Aufnahmestelle haben sich an der Suche beteiligt und nach mir gerufen. Aber ohne große Anstrengung. Sie haben längst nicht so gründlich gesucht, wie sie gekonnt hätten.

Sie waren es gewohnt, dass Leute abhauten.

Und dass sie nicht gefunden werden wollten.

Alle in der Aufnahmestelle sind vor irgendwas geflohen.

Die wissen, wie das ist, wenn man abhauen muss. Darum rufen sie auch nicht so laut. Und darum suchen sie auch nicht so gründlich.

Mama war die Einzige, die laut rief und fast überall suchte.

Der Polizist ist bis hoch in den Wald gelaufen.

Er kam mir so nah, dass ich sein Schnaufen hören konnte. Seine schwarzen Schuhe waren höchstens einen Meter von meinem Versteck entfernt, als er aufgab.

»Albin, Junge! Wo bist du? Albin, wir können nicht ohne dich fahren!« Mamas Stimme wurde immer hysterischer. Sie rief nach mir, bis der Motor ansprang und die Autotüren zuschlugen.

Mir wär's lieber gewesen, sie hätte das Letzte nicht gerufen. Dass sie ohne mich nicht fahren könnten. So konnte ich nicht tun, was ich am liebsten getan hätte: schnell wie der Blitz hinter dem Auto herlaufen, ehe es die Hauptstraße erreichte.

Der Bus biegt von der Straße ab und hält an dem Wartehäuschen neben der Tankstelle. Ich war schon zigmal hier. Hab sogar meinen Namen in das Holz geritzt. Ganz unten in der Ecke steht *Albin*.

»Hier müsst ihr aussteigen, Mädchen«, ruft der Fahrer und ist mit einem Satz aus dem Bus. Die Mädchen stehen auf. Lisa dreht sich um und winkt mir unauffällig zu. Dann fuchtelt sie plötzlich wie eine Verrückte mit den Armen. Draußen steigen zwei alte Leute aus einem blauen Auto.

»Oma! Opa!«, ruft sie. Als ob die sie hören könnten.

Ich schnappe mir meinen Rucksack und schleiche nach ihnen aus dem Bus. Hinter dem Bushäuschen habe ich das blaue Auto gut im Blick, ohne selber gesehen zu werden.

3

Ich sitze auf dem Schoß einer fremden, alten Frau. Die ganze Zeit wimmert sie leise, und ich fühle ihr Herz unter dem Stoff ihres Kleides pochen.

»Ai, ai, ai«, jammert sie und murmelt etwas vor sich hin, das ich nicht verstehe.

Ich versuche, mich so wegzulehnen, dass ich den kratzigen Stoff nicht berühre. Mitten auf ihrer Brust, in Höhe meiner Nase, ist ein Fleck, Kotze wahrscheinlich.

Sie hält mich fest.

Ich will nicht, dass eine fremde Frau mich festhält, aber ich habe keine Wahl.

Mama hat gesagt, dass ich still sitzen soll. Sie kann uns nicht alle drei auf den Schoß nehmen, und ich bin der Älteste.

Es ist schrecklich anstrengend, still zu sitzen. Meine Beine zappeln und zucken ganz von allein.

Der Bus ist zu voll, als dass ein kleiner Junge einen Platz für sich allein beanspruchen könnte. Darum muss ich tun, was Mama sagt, und auf einem fremden Schoß sitzen.

Die Luft im Bus ist so dick, dass man die einzelnen Gerüche nicht auseinanderhalten kann, aber ich weiß trotzdem, wonach es riecht.

Nach einer Mischung aus Kotze, Kacke, Pisse und Schweiß.

Und Hunger.

Hunger riecht nicht gut. Wir haben seit ein paar Tagen kaum etwas gegessen – und getrunken auch nicht.

Ich bin heute schon zweimal ohnmächtig geworden.

Die Sonne scheint von einem unendlich weiten Himmel. Draußen sind es noch immer über vierzig Grad. Im Bus ist es mindestens hundert Grad warm, obwohl alle funktionierenden Fenster geöffnet sind. Alle im Bus unterhalten sich darüber, dass dies der heißeste Sommer ist, den wir je gehabt haben.

Alle, die die Kraft haben, etwas zu sagen.

Wir haben Glück, dass wir einen Platz haben. Viele Fahrgäste müssen stehen. Sie hängen mit ausdruckslosen Gesichtern und leeren Mägen über uns, bilden Wände um uns herum. Sie schwanken im Takt mit dem Ruckeln des Busses hin und her, während sie versuchen, das Nichts in ihren Mägen bei sich zu behalten.

Die Zwillinge zappeln nicht mit Armen und Beinen wie sonst, wenn sie zu lange still sitzen müssen. Sie sind vollkommen schlapp. Anja stiert mit leerem Blick vor sich hin. Anka hat die

Augen geschlossen. Die braunen Locken kleben in ihrem Gesicht. Vielleicht schläft sie ja.

Ich kann kaum atmen, aber ich beschwere mich nicht. Ich bin ein großer Junge, fast sechs Jahre. Ich muss Mama helfen.

Leise sein.

Still sitzen.

Ich kann mich unsichtbar machen, wenn sie mich darum bittet.

Wären da nur nicht die Ameisen auf dem Schoß der alten Frau. Die kribbeln und piksen in meine Oberschenkel, und meine kurze Hose ist nass von Schweiß.

4

Amanda und Lisa werden nacheinander mit einer Umarmung begrüßt. Der Opa legt das Gepäck in den Kofferraum. Danach gehen alle vier in die Tankstelle.

Ob sie vielleicht nach Oslo fahren?

Ich glaube, da will ich hin. Alle sagen, das wäre eine gute Stadt, um unterzutauchen. Vielleicht kann ich mich ins Auto schleichen, ohne dass sie es merken?

Ehe ich es mir doch noch anders überlege, entscheide ich mich. Und als ich sicher bin, dass niemand mich sieht, laufe ich zum Auto, öffne den Kofferraum und klettere hinein. Es ist etwas schwierig, die Klappe von innen zuzubekommen, aber ich kriege es hin, wenigstens einigermaßen.

Ich rolle mich in der hintersten Ecke zusammen. Breite eine blau karierte Decke, die dort liegt, über mir aus und ziehe die Taschen der Mädchen so vor mich, dass mich niemand sehen kann.

Was machen die denn so lange in der Tankstelle?

Es kribbelt in meinen Beinen und juckt, überall. Außerdem ist es ungemütlich, so zusammengerollt auf dem harten Untergrund zu liegen. Trotz der Decke über mir friere ich. Mein Pullover ist am Rücken hochgerutscht. Ich schaffe es nicht, ihn wieder runterzuziehen.

Gestern Nachmittag habe ich noch in unserer Küche gesessen und meine Hausaufgaben gemacht.

Dann hat das Telefon geklingelt. Und Mama hat geweint.

Heute hab ich kein Zuhause mehr und bin mutterseelenallein.

Ich hätte Lust, ganz laut zu schreien. Stelle mir vor, dass ich für den Rest meines Lebens in dieser gekrümmten Haltung liegen bleiben muss. So wie der Knäuelball in meinem Bauch sich nicht löst, werde ich mich nie wieder ausstrecken können. Meine Arme und Beine und mein Bauch verwachsen mitsamt den Kleidern. Dann ist Schreien wahrscheinlich das Einzige, was mir noch bleibt.

Und an alldem ist der Polizist schuld. Auch daran, dass ich nicht mehr mit Sven reden konnte. Nicht einmal mein bester Freund hat eine Ahnung, wo ich bin.

Ich muss aus dem Auto raus. Halte es keine Sekunde länger aus. Sie werden mich eh entdecken. Und außerdem habe ich Hunger.

Wie bin ich bloß auf die Idee gekommen, mich hier zu verstecken? Der Opa hat womöglich neue Spikereifen gekauft, die er in den Kofferraum packen will. Spätestens dann findet er mich.

Natürlich wird er die Polizei rufen.

Gerade, als ich das eine Bein vorsichtig ausstrecke, um zu gucken, ob es noch funktioniert, höre ich etwas.

Da kommt jemand.

»Du hast schon wieder vergessen, das Auto abzuschließen«, sagt eine Frauenstimme.

Das muss die Oma sein.

Glück für mich, dass der Opa das vergessen hat. Oder Pech?

Wie auch immer, jetzt ist es zu spät, es mir anders zu überlegen.

Als Lisa und Amanda sich auf die Rückbank setzen, zieht ein süßer Duft in den Kofferraum und es sind leise Knallgeräusche zu hören.

Kaugummi. Ich stelle mir vor, wie sie große Blasen machen und sie im Mund zerplatzen lassen. Oder auf dem Gesicht.

Genau wie Anja und Anka.

Der Opa startet das Auto. Hoffentlich kommt ein bisschen Heizungsluft hier hinten an.

Ich mache meine eigene Reise. Eine andere Reise als Mama und die Zwillinge. Dieses Mal reisen wir getrennt.

Ich weiß nicht, wo sie hinfahren, jedenfalls nicht genau.

Und sie haben keinen blassen Schimmer, wo ich bin oder was ich vorhabe. Das weiß ich auch noch nicht so genau.

Jedenfalls noch nicht.

5

Das Auto ist höchstens ein paar Meter gefahren, als der Opa wieder anhält.

»Wer von euch hat seine Tür nicht richtig zugemacht?«

»Meine ist zu«, sagt die Oma.

Der Opa brummt. Er scheint keine Verzögerungen zu mögen. Da sind die meisten Erwachsenen gleich.

Er macht seine Tür auf und steigt aus.

Mir rutscht das Herz in die Hose. Ich kneife die Augen ganz fest zu.

Es ist natürlich die Kofferraumklappe, die nicht richtig zu ist.

Gleich entdecken sie mich. Und schmeißen mich nach nur wenigen Metern meiner Reise aus dem Auto.

Ich halte die Luft an.

Jeder Schritt, den der Opa um das Auto herum macht, ist wie ein kleines Erdbeben.

Die Steinchen auf dem Asphalt knirschen unter seinen Sohlen.

Jede Muskelfaser in meinem Körper ist angespannt. Ich höre und fühle, wie die Klappe aufgeht. Kalte Luft strömt nach drinnen.

»Wenn du nicht atmest, wirst du ohnmächtig«, sagt Mama immer, wenn wir Verstecken spielen und sie genau weiß, dass ich in meinem Versteck die Luft anhalte.

Dabei merke ich gar nicht, dass ich die Luft anhalte, bis mein Gesicht fast blau angelaufen ist.

Das mache ich so, seit der Soldat zu Hause in Bosnien an unsere Tür geklopft hat. Ich halte die Luft an.

Der Opa knallt die Kofferraumklappe zu.

Nicht eine Sekunde zu früh.

Ich atme gleichzeitig ein und aus. So heftig, dass ich mir kaum vorstellen kann, dass die Mädchen auf der Rückbank mich nicht hören. Gut, dass Amanda und Lisa Kaugummiblasen machen und gleichzeitig reden können.

»Du bist jetzt der Mann in der Familie«, haben sie gestern in der Aufnahmestelle gesagt und mir den Kopf getätschelt. »Pass gut auf deine Mutter auf.«

Muss ich auf meine Mutter aufpassen?

Obwohl ich erst elf Jahre alt bin?

Ich verstehe das nicht. Mama hat das nie gesagt. Dass ich der Mann in der Familie bin. Dass ich auf sie aufpassen soll.

Es waren die Alten in der Aufnahmestelle, die das gestern gemeint haben. Nachdem der Polizist angerufen hat und wir runter zu den anderen gegangen sind.

Mama hat geweint. Die Zwillinge auch. Sie weinen immer, wenn Mama weint, und auch sonst ziemlich oft.

Jungs dürfen nicht weinen, und ich hab mich daran gehalten.

Aber ich hab ein bisschen die Luft angehalten. Und dann habe ich beschlossen, dass die beste Art, auf Mama und die Zwillinge aufzupassen, wäre, wenn ich verschwinde.

Wenn sie uns abholen kamen, aber mich nicht fanden, konnten wir auch nicht abreisen, oder?

Wie man sich irren kann. Sie sind trotzdem weggefahren.

6

Der warme Wind kitzelt mich im Gesicht. Ich galoppiere um den Hofplatz. Runde um Runde.

Weit entfernt auf der Hauptstraße ist eine Staubwolke zu sehen. Papa bremst mitten im Galopp ab.

»Hüaaa! Lauf weiter, mein Pferd«, rufe ich.

»Warte kurz, Albin«, sagt das Pferd.

Es legt die Hand über die Augen, um in der grellen Sonne besser sehen zu können. Die Militärfahrzeuge in der Staubwolke werden immer kleiner, bis sie ganz verschwunden sind.

Mein Pferd setzt sich langsam wieder in Bewegung. Das Pferd ist natürlich Papa. Für mich gibt es nichts Schöneres, als auf seine Schultern klettern zu dürfen und herumzugaloppieren. Wie jetzt.

Papa ist groß und stark wie ein Pferd. Seit er seine Arbeit in der Fabrik verloren hat, hat er mehr Zeit, Pferd zu spielen.

Mama steht schon seit dem Frühstück im Gemüsebeet, den Po in die Luft gestreckt. Sie zupft Unkraut. Alles Gemüse, das bei uns auf den Tisch kommt, hat sie selber angebaut. Sie richtet sich auf und winkt Papa und mir zu. Sie ruft etwas. Wir können nicht hören, was sie sagt, aber sie legt eine Hand auf ihren dicken Bauch.

Das Pferd bleibt so abrupt stehen, dass ich um ein Haar runtergefallen wäre.

»Was hast du gesagt«, ruft Papa erschrocken zu ihr rüber. »Hast du Wehen?«

Mama lacht und schüttelt den Kopf.

»Der Bauch ist beim Unkrautjäten so im Weg«, sagt sie.

Wenn das Pferd still steht, kann man gut hören, was sie sagt.

»Leg dich ein bisschen hin und ruh dich aus«, kommandiert Papa. »Albin und ich jäten den Rest, wenn wir die Ziege gemolken haben.«

»Mein Pferd muss nur noch ein bisschen trainiert werden, Mama«, rufe ich und drücke ihm meine nackten Fersen in die Seiten.

Wir traben weiter. Jetzt dauert es nicht mehr lange, bis ich großer Bruder werde. Wenn ich mit Mama kuschele und meinen Kopf auf ihren Bauch lege, spüre ich, wie es sich da drinnen bewegt. Ich freue mich so auf das Baby. Dass ich dann jemanden zum Spielen habe.

Unser kleines Steinhaus rauscht an mir vorbei. Mein Pferd

schnauft und prustet, Schweißtropfen laufen aus dem hellen Haar in den Nacken.

Papa und ich haben genau das gleiche Haar.

Die roten Rosen um die Haustür verströmen einen schönen Duft, jedes Mal wenn wir dort vorbeikommen.

Den Duft würde ich überall wiedererkennen.

Im Stall wohnen eine Ziege und ein Haufen Kaninchen. Ich finde es toll, mit den Kaninchenjungen zu spielen. Sie sind so süß mit ihrem unendlich weichen Fell, den Schnupperschnauzen und den kugelrunden schwarzen Augen, mit denen sie mich voller Ernst anschauen.

Als wüssten sie, dass die Spielerei für sie bald ein Ende hat. Früher oder später werden sie gegessen.

So ist das nun mal.

7

Ich wache mit einem Ruck auf.

Es ist kalt. Dunkel und ganz still.

Ich wage einen vorsichtigen Blick unter der Decke hervor. Die Taschen der Mädchen sind nicht mehr da. Ich bin alleine.

Und niemand hat mich entdeckt.

Oder vielleicht haben sie mich auch einfach liegen lassen, und die Oma hält Wache, während der Opa die Polizei ruft. Ich setze mich ganz langsam auf.

Meine Arme und Beine sind doch nicht mit meinem Körper zusammengewachsen. Ich strecke mich, so gut es geht. Meine Zehen kribbeln und mein Bauch grummelt. Meine Finger fühlen sich an wie dünne Eiszapfen, die brechen können, wenn ich nicht aufpasse.

Ich nehme meinen Rucksack und die blau karierte Decke und klettere auf den Rücksitz. Es geht kein Alarm los. Dann mache ich behutsam die Tür auf.

Eiskalte Herbstluft schlägt mir entgegen.

Noch immer kein Alarm und niemand, der ruft, dass ich aber mal ganz schnell verschwinden soll.

Das Auto parkt vor einem braunen Haus, auf dessen Dach Gras wächst.

Neben einer roten Tür ist ein Fenster mit flackernden Kerzen hinter der Scheibe.

Unter dem Fenster steht eine Bank.

Ich lege meinen Rucksack und die Decke ab, dann steige ich auf die Bank.

Und schaue in das Fenster.

Hinter den Kerzenflammen sehe ich direkt das Gesicht der Oma.

Ich ducke mich blitzartig und falle dabei fast von der Bank. Vornübergebeugt husche ich um die Hausecke. Der Rucksack und die Decke liegen noch auf der Bank.

Ich traue mich nicht, sie zu holen.

Ich hocke eine Zeit lang ganz still da. Nichts passiert. Vielleicht hat sie mich ja gar nicht gesehen.

Nach einer Weile wage ich mich doch bis zur Bank vor.

So weit das Auge reicht, bin ich umgeben von Bäumen und einem endlos weiten, grauen Himmel.

Eins ist jedenfalls sicher.

Ich bin nicht in Oslo. Nicht einmal in der Nähe.

Wir scheinen hier schon in den Bergen zu sein. Die Bäume wachsen nicht so hoch und grün wie unten in der Stadt. Sie sehen eher aus wie dürre, verkrüppelte Gespenster, die genauso frieren wie ich.

Ich bin noch nicht allzu weit auf dem Waldweg gegangen, als ich eine kleine Hütte entdecke. Die Dunkelheit hinter den Scheiben zieht mich an. Sie scheint nur auf mich gewartet zu haben.

Die Tür klemmt, ist aber offen. Im Dunkel sehe ich die Umrisse von ein paar Möbelstücken. Ein Tisch vor dem Fenster, ein paar Stühle darum herum. In der Ecke steht ein Ofen und an der Wand ein großes Bett.

Was für ein Glück! Hier scheint niemand zu wohnen. Bis morgen kann ich hier sicher bleiben.

Aber was ist das?

Da liegt jemand im Bett!

Ich schaue nicht genauer nach, sondern laufe, so schnell mich meine Beine tragen. Ich stolpere über die hohe Holzschwelle und die Steinstufen hinunter und lande der Länge nach auf der Erde, den Rucksack auf dem Rücken, die Beine in der Decke verheddert.

Mein Herz pocht so heftig, dass der Boden vibriert. Ich

rechne jede Sekunde damit, dass sich der fuchsteufelswilde Bewohner, den ich gerade aus dem Schlaf gerissen habe, auf mich stürzt.

Aber nichts passiert.

Es kommt niemand.

Es ist ganz still. Unheimlich still.

Wahrscheinlich steht er hinter der Tür und zielt mit seinem Gewehr auf mich.

Nach einer Ewigkeit mit dem Gesicht auf dem piksigen Waldboden, halte ich es nicht länger aus. Ich muss aufstehen. Egal, ob ein Mann im Schlafanzug mit seinem Gewehr auf mich zielt oder nicht.

Er wird ja wohl nicht auf einen kleinen Jungen schießen, oder?

Hier ist schließlich kein Krieg.

Ganz vorsichtig hebe ich den Kopf. Erwarte, dass ich etwas Hartes, Kaltes an meinem Hinterkopf fühle, aber da ist nichts.

Ich drehe mich in Zeitlupe um. Um den, der da steht, nicht zu erschrecken. Aber da ist kein Mensch. Zumindest ist niemand zu sehen.

Ich fühle mich starr wie die gefrorenen Fische in Mamas Kühltruhe.

8

Zuerst will ich aufspringen und loslaufen, egal in welche Richtung, so schnell wie möglich von diesem gespenstischen Ort weg, wo die Bäume wie unheimliche Trolle aussehen. Und wo in alten kleinen Hütten Leute schlafen, die sich unsichtbar machen können.

Doch dann rede ich mir ein, dass ich mir das vielleicht alles nur eingebildet habe.

Dass mal wieder meine Fantasie mit mir durchgegangen ist. Von der habe ich nämlich mehr als reichlich, sagt Mama.

Lag da vielleicht doch gar kein Mann im Bett und hat mir zugezwinkert?

War das vielleicht nur ein Geist?

Bei dem Gedanken möchte ich gleich wieder weglaufen. Ich muss mich richtig anstrengen, an etwas anderes zu denken.

Da fällt mir ein, dass ich ja eine Taschenlampe im Rucksack habe. Die hat Sven mir zum elften Geburtstag geschenkt.

Ich setze den Rucksack ab und finde die Taschenlampe unter einem Pullover und zwei sauberen Unterhosen.

Ich schalte sie ein und stelle den breiten Lichtstrahl ein. Die Batterien sind ganz neu.

Ich schleiche die Treppenstufen zur Hütte hoch. Drücke mich neben der offenen Tür an die Wand.

Vielleicht war es ja ein Tier?

Die Taschenlampe wie eine Waffe von mir gestreckt, springe ich in die schwarze Türöffnung. Den anderen Arm halte ich schützend vors Gesicht. Man weiß nie, was einen erwartet. Aber keine flatternden Wesen, keine Fäuste oder bewaffnete Männer greifen mich an.

Ich lasse den Lichtkegel durch den kleinen Raum schweifen.

Am Fußende des Bettes sind lauter Puppen aufgereiht. Ihre Augen leuchten in dem Lichtstrahl. Auf einem schiefen Regalbrett steht ein großer Troll mit erstarrtem Baumharz in den Adern.

Falls der Troll vorher noch gelebt hat, hat ihn spätestens das Licht meiner Taschenlampe versteinert. Ich atme ruckartig aus und trete ein.

Auf dem Tisch stehen zwei Kerzenständer mit weißen Kerzen. In der Tischschublade finde ich eine Schachtel Streichhölzer. Ich zünde die Kerzen an und mache die Taschenlampe aus. Die Kerzen geben ein heimeliges Licht.

Es kommt mir gleich etwas wärmer vor.

Den Ofen anzumachen traue ich mich aber nicht.

Ich muss etwas essen. Und schlafen.

Ich nehme die Brotdose aus dem Rucksack. Fünf Scheiben mit Nutella. Und zwei Bananen. Die sind schon ganz braun. Und eine Trinkflasche mit Saft.

Ich mache die Tür zu und stelle einen Stuhl unter die Klinke.

Ich wickele mich in die Decke ein, die ich im Auto gefunden habe. Schlinge zwei Scheiben Brot und eine Banane herunter. Trommele mit meinen eisigen Füßen auf den Holzdielen, damit sie wärmer werden. Den Rest muss ich für morgen aufsparen.

Mein Bauch fühlt sich eiskalt an von dem Saft und der Knäuelball liegt die ganze Zeit auf der Lauer, bereit, wild herumzuspringen, sobald ich anfange nachzudenken.

Es ist zu kalt zum Stillsitzen. Ich hüpfe eine Weile auf der Stelle und schlage die Arme um meinen Oberkörper. Der

Boden gibt knarrend nach. Ich setze mich wieder hin, sitze da mit gespitzten Ohren.

Ist doch jemand hier?

Ich höre so viele, unheimliche Geräusche.

Ein Kratzen und Kläffen und Heulen.

Ist das ein Wolf?

Ich überlege, ob ich den Tisch vor die Tür schieben soll. Der Türriegel sieht nicht besonders stabil aus.

Aber dann lasse ich es bleiben.

Ich müsste mal dringend aufs Klo, traue mich aber nicht nach draußen. Unterm Bett steht ein Nachttopf. Aber das nützt mir auch nichts. Solange der Knäuelball in meinem Bauch ist, kommt kein einziger Tropfen.

Draußen ist es jetzt stockdunkel. Ich zerre an den Gardinen, aber sie gehen nicht zu. Wahrscheinlich wäre es besser, die Kerzen auszublasen. Falls draußen jemand vorbeikommt und zur Hütte schaut.

Die Bettdecke ist eiskalt. Die Wolldecke aus dem Auto wärmt mich ein bisschen, aber nicht genug.

Meine Zähne klappern so heftig, dass ich kaum den Mund zukriege.

Die Knie habe ich fast bis ans Kinn hochgezogen.

Ich darf nicht darüber nachdenken, dass hier vielleicht doch jemand im Bett gelegen und sich dann unbemerkt an mir vorbeigeschlichen hat, als ich mit dem Gesicht auf dem Waldboden lag.

Darf nicht an all die Gruselgeschichten denken, die ich kenne. Ich bin so müde.

Ich muss schlafen. Nicht denken.

Einfach nur schlafen.

Das Scharren wird lauter.

So weit oben in den Bergen gibt es bestimmt viele hungrige Wölfe. Sie haben mich gewittert und wollen rein.

Nicht daran denken. Nicht jetzt.

Ich muss schlafen. Tief in den Bauch atmen.

Nachdem ich eine Weile meine Knie angehaucht habe, werden sie etwas wärmer.

Ich bin ein kleiner Ball.

Ein kleines Komma.

Ich bin nicht hier.

Hier liegt niemand.

Ich liege in Mamas Bett.

Es ist warm, alles ist gut, und Mama hält mich im Arm.

9

Es klopft an der Tür. Laut.

Wir sitzen am Küchentisch und essen Mamas frisch gebackenes Brot. Papa geht, um aufzumachen.

Die Wärme draußen schiebt eine Wolke Rosenduft in die Küche. Rosenduft mischt sich mit Brotduft.

Draußen steht ein wütender Mann. Ich kann nicht hören, was er sagt, weil die Zwillinge schreien, aber ich verstecke mich sicherheitshalber hinter Mamas Schürze. Mamas Schürze ist schön, sie leuchtet in vielen bunten Farben.

Ein Schuss, die Tür schleudert in den Raum. Papa kippt der Länge nach auf den Boden.

Noch ein Schuss. Papa liegt ganz still.

Um ihn herum bildet sich eine Blutlache.

Die rauen Holzdielen saugen es auf wie Saft.

Der Mann ist ein Soldat. Ich weiß, wie Soldaten aussehen. Soldaten haben Pistolen in der Hand.

Als er über Papa in den Raum steigen will, ruft draußen jemand.

Der Soldat antwortet ungehalten und poltert nach draußen.

Als Mama sich neben Papa auf den Boden kniet, mischt sich sein Blut mit den Farben ihrer Schürze. Es ist an ihren Händen und dann auch in ihrem Gesicht. Ihre vom Backen geröteten Wangen werden noch roter, der Rest des Gesichtes ist kreideweiß.

Tränen laufen über Blut und Mehl, und die Zwillinge schreien lauter als je zuvor.

Ich bin ganz still.

Mama schickt mich ins Schlafzimmer, um die Tasche mit den Windeln für die Zwillinge zu holen. Ich gehe.

Als ich wieder in die Küche komme, hat sie die Brote in Handtücher gewickelt. Unsere Trinkflaschen sind mit Wasser gefüllt. Sie hat das Fenster geöffnet und wirft das Brot, die Tasche und alles, was sie sonst noch zusammengepackt hat, nach draußen.

Sie setzt erst Anja, dann Anka auf den Küchentisch, der vorm Fenster steht.

Sie ermahnt sie, schön still zu sitzen, ehe sie selbst aus dem Fenster klettert.

Die beiden verstehen, dass es ernst ist. Sitzen ganz still.

Ich weiß nicht, ob ich bei den Zwillingen bleiben oder zu Papa gehen soll.

Was, wenn er wieder aufwacht?

Was, wenn die Zwillinge vom Tisch fallen?

Plötzlich knallen fünf Schüsse in schneller Folge. Ich laufe zum Fenster, um nachzusehen, was Mama macht.

Aber Mama ist nicht mehr da.

Das Brot, das ich gerade gegessen habe, kämpft sich nach oben, aber ich schlucke es wieder hinunter.

»Mama.«

Ich rufe, so leise ich kann.

»Wo bist du?«

Ich will nicht weinen. Jungs weinen nicht.

Papas Augen sind ganz trocken, sein Haar ist dunkel vom Blut. Er weint nicht, obwohl sie auf ihn geschossen haben.

Wieder knallen zwei Schüsse. Ich will gerade wieder nach Mama rufen, als ich sie auf das Haus zulaufen sehe. Mit der Schubkarre.

»Sie schießen nicht auf mich«, flüstert sie, als sie mein erschrockenes Gesicht sieht.

»Kommt, meine Mädchen. Du zuerst, Anja. Krabbel zu mir und setz dich auf das Fensterbrett.«

Anja sieht Mama an. Dann mich. Ich sehe Anja an, dann Mama.

Ich drehe mich um und schaue zu Papa, aber er liegt immer noch ganz still da.

Anja und Anka können noch nicht laufen. Aber sie können krabbeln. Gehen können sie nur, wenn jemand sie an beiden Händen führt, und stehen, wenn sie sich an etwas festhalten können.

Anja krabbelt zu Mama, die vor dem Fenster steht.

»Spring!«, sagt Mama. Anja lacht, als sie sich ihr in die Arme wirft.

Ein neues Spiel.

Der böse Soldat ist vergessen.

Anka krabbelt hinterher. Sie machen sich immer alles nach.

»Noch nicht, Anka.« Ich halte sie hinten am Kleid fest. »Warte, bis Mama dich ruft.«

»Mama«, ruft Anka.

Dann stürzt sie sich aus dem Fenster und ich kann sie nicht halten. Das blaue Kleid rutscht aus meinen Händen.

Mama, die gerade Anja in die Schubkarre setzt, dreht sich blitzschnell um und fängt Anka auf, bevor sie auf den Boden aufschlägt. Sie fallen beide hin.

»Alles gut gegangen, Albin«, sagt Mama. »Jetzt du.«

»Und Papa?«

»Wir können nichts mehr für Papa tun. Er ist tot. Beeil dich, Schatz, bevor die Soldaten zurückkommen. Setz dich auf das Fensterbrett wie deine Schwestern. Aber dreh dich auf den Bauch und klettere rückwärts nach draußen. Ich helfe dir.«

»Ich will auch springen.«

»Nein, Albin. Du bist zu groß. Ich kann dich nicht auffangen.«

Ich tue, was sie sagt. Klettere auf den Tisch. Drehe mich auf den Bauch und hangele mich nach unten.

Dabei schaue ich zu Papa hinüber. Es sieht aus, als hätte jemand mit dem frischen Blut ein großes Bild um ihn herum auf den Boden gemalt.

10

Als ich aufwache, weiß ich nicht, wo ich bin.

Der Raum kommt mir fremd vor und meine Nase ist eiskalt.

Nach und nach kommt die Erinnerung zurück und der Knäuelball fängt wieder an zu rumoren.

Ob sie noch nach mir suchen?

Oder hat der Polizist aufgegeben?

Wie wichtig wird ihm schon ein elf Jahre alter, ausländischer Junge sein. Auch, wenn er ihn kennt.

Vielleicht glaubt er ja, ich wäre für immer verschwunden. Oder dass ich früher oder später wiederauftauche. Wenn ich Hunger kriege oder friere oder mein Geld aufgebraucht ist.

Ich versuche mir einzureden, dass es nicht kalt ist. Esse ein Nutellabrot. Trinke den Rest Saft aus. Dann ziehe ich die Steppjacke an und gehe nach draußen. Es ist noch früh. Ich will mich etwas umsehen.

Vielleicht kriege ich ja raus, wo ich bin.

Vielleicht ist ja ganz in der Nähe eine Stadt.

Das Auto steht noch an der gleichen Stelle vor dem Häuschen unten am See. Aus dem Schornstein steigt eine dünne Rauchsäule. Vielleicht sind sie schon wach. Oder der Ofen brennt die ganze Nacht. So wird es sein.

Manche Menschen haben Glück und wohnen mit ihren Großeltern in warmen Ferienhäusern. Andere haben Pech und müssen alleine in einer eiskalten kleinen Blockhütte ohne Strom und Wasser und Klo wohnen.

Aber ein bisschen Glück habe ich auch. Wenigstens hat sich kein Gespenst oder Wolf heute Nacht zu mir verirrt. Zumindest habe ich nichts gemerkt.

Ich schleiche zu dem Ferienhaus runter. Dort gibt es nicht viele Stellen, an denen ich mich verstecken könnte, falls jemand rauskommt.

Die dünnen Birken eignen sich als Versteck nicht besonders gut.

Vielleicht sollte ich ein paar Tage in der kleinen Hütte bleiben. Lieber eine Weile unsichtbar sein. Für den Fall, dass der Polizist noch nach mir sucht.

Die paar Leute hier werden mich schon nicht entdecken.

Und wenn sie das nächste Mal wegfahren, fahr ich eben wieder heimlich mit im Auto.

Hoffentlich raus aus den Bergen.

Plötzlich steht der Opa auf der Treppe. Vor seinem Gesicht ist eine große Atemwolke.

Ich gehe hinter dem Auto in Deckung und höre ihn in meine Richtung kommen. Ich krabbele auf allen vieren, so schnell ich kann, auf die andere Seite.

Das Auto ist mein einziges Versteck.

Der Opa pfeift beim Ein- und Ausatmen, aber keine Melodie. Er macht die Autotür auf.

Ich presse mich auf den Boden und hoffe, dass meine hellblaue Steppjacke auf dem gelbbraunen Untergrund nicht zu sehr leuchtet.

Bitte, lass ihn nicht um das Auto herumgehen.

Die Autotür knallt und das Pfeifen verschwindet wieder im Haus.

11

Wir laufen über den staubigen Weg hinter dem Haus zum Wald rüber.

In diesem Wald haben wir oft Picknick gemacht. An besonders warmen Tagen war es hier immer so schön kühl im Schatten der Bäume.

»Stellt euch vor, wir würden ein Picknick machen«, sagt Mama. »Wer zuerst im Wald ist, hat gewonnen.«

Sie läuft mit Anja, Anka und dem Gepäck in der Schubkarre vor mir her.

Die Zwillinge haben Spaß an dem Wettrennen. Sie lachen laut, und Mama muss sie ein paarmal ermahnen, leise zu sein.

Am Anfang laufe ich, so schnell ich kann. Mein Bauch ist randvoll mit frisch gebackenem Brot. Ich kriege Seitenstiche.

Mama bückt sich und hebt etwas vom Wegrand auf, ohne die Schubkarre abzusetzen. Dann legt sie mir einen kleinen runden Stein in die Hand.

»Drück ihn ganz fest«, sagt sie. »Dann lässt der Schmerz nach, bestimmt.«

Ich kann unser Haus nicht mehr sehen, nur den Rauch über den Schornsteinen. Vor uns liegt der Wald, aber er kommt und kommt nicht näher. Links und rechts vom Weg wachsen alte, krumme Bäume. Weit entfernt sind immer wieder Schüsse zu hören.

Wir müssen so weit wie möglich vom Haus weg sein, wenn die Soldaten zurückkommen und merken, dass wir nicht mehr dort sind.

Vielleicht sind sie ja schon wieder zurück.

Vielleicht haben sie die Jagd schon aufgenommen.

Ich laufe noch schneller.

Schneller als Mama.

Und ich drücke den Stein in meiner Hand. Aber der Schmerz lässt nicht nach. Jetzt tut nicht nur die Seite weh, sondern der ganze Körper.

Schweiß tropft mir in die Augen und Tränen laufen mir übers Gesicht, aber meine Beine laufen immer noch schneller. Ich bin sechs Jahre alt und habe Sand im Hals. Es riecht verbrannt.

Mama bleibt stehen.

»Du bist ein toller Läufer, Albin. Jetzt sind wir weit genug weg und können ein Stückchen gehen.«

Sie schnappt nach Luft und drückt meine Hand.

Wir gehen und gehen, bis meine Beine streiken und die Zwillinge längst den Spaß am Wettrennen verloren haben.

Mama sucht ein Versteck im Wald, wo wir schlafen können. Hinter Gestrüpp, unter einem Baum. Sie breitet Decken aus und dann essen wir etwas Brot und trinken fast das ganze Wasser.

Die Zwillinge schlafen ein und bald auch ich.

Zwischendurch wecken mich fremde Stimmen. Leises Weinen. Knackende Zweige.

Mama hält die Zwillinge und mich im Arm.

Sie fragt, ob ich Papas Arme auch spüre. Ja, antworte ich. Weil es so ist.

Ich spüre Papas Arme, als ich zu den Sternen hochgucke, die zwischen den Baumwipfeln funkeln.

12

Ich bin mit beim Angeln, aber das ahnen sie nicht einmal. Ich war unten am See, um meine Wasserflasche zu füllen, als sie ohne jede Vorwarnung aufgetaucht sind.

Inzwischen habe ich ein gutes Training im Verstecken. Den Busch, hinter dem ich kauere, habe ich Stachelstrauch getauft, weil ich mir die Wange und die Hände daran zerkratzt habe.

Lisa und Amanda werfen jetzt schon eine ganze Weile ihre Angeln aus, ohne irgendwas zu fangen. Allmählich wird Opa ungeduldig.

»Ihr müsst sie weiter auswerfen«, sagt er und will es ihnen mit Lisas Angel vormachen, was jedoch gründlich schiefgeht. Der Blinker verfängt sich irgendwo am Grund. Als Opa die Schnur einholen will, spannt sie sich. Es fehlt nicht viel und die Angelrute bricht, so sehr biegt sie sich.

»Oje«, sagt Opa. »Das war aber anders geplant. Was hab ich da denn gemacht?«

»Du bist doch erwachsen«, ermahnt Amanda ihn streng. »Erwachsene sollten eigentlich einen Angelschein haben.«

Oma lacht, aber als Lisa anfängt zu weinen, hört sie schlagartig auf.

»Das war mein neuer Blinker, Opa, du musst ihn losmachen!«, heult Lisa.

»Da hast du aber Glück, dass es hier nicht so tief ist, dann musst du wenigstens nicht tauchen«, ruft Amanda.

Ihre rote Winterjacke ist bis oben zugeknöpft. Die weiße Mütze und den langen, hellgrünen Schal hatte sie gestern nicht an. Handschuhe trägt sie keine.

Ich auch nicht. Weder Handschuhe noch einen Schal. Ich hätte aber gerne beides.

»Im Sommer suchen wir zusammen nach dem Blinker, Lisa-Schatz«, sagt Opa.

»Nein«, sagt Lisa und weint noch ein bisschen lauter.

»Wie wär's, wenn wir in den Angelladen fahren und einen neuen Blinker kaufen, genau so einen«, schlägt Opa vor.

Ich finde die Idee richtig gut. Da könnte ich mich wieder ins Auto schmuggeln.

Lisa kann sich gar nicht beruhigen.

Da drückt Opa Oma die Angel in die Hand, bückt sich und zieht Stiefel und Strümpfe aus. Er steckt die Strümpfe in die Stiefel und krempelt die Hosenbeine bis zu den Knien hoch.

Meine Füße sind so eiskalt, dass ich meine Zehen kaum noch spüre.

Opa schnappt laut nach Luft, als er den Fuß ins Wasser steckt. Er schüttelt den Kopf und kommt wieder zurück. Dabei geht er ganz merkwürdig. Als er seine Stiefel nimmt, um sie anzuziehen, schieben die Mädchen ihn wieder in Richtung See. Sie kennen keine Gnade. Lisas Tränen sind inzwischen getrocknet.

Also watet Opa ins Wasser raus. Er schiebt die rot karierten Jackenärmel hoch und bückt sich an der Stelle nach unten, wo die Angelschnur im Wasser verschwindet.

»Ich hab ihn«, juchzt er triumphierend und hält den Blinker hoch.

Lisa und Amanda klatschen in die Hände. Alle rufen: »BRAVO!« Ich auch. Lautlos.

Da fängt Opa plötzlich an zu schwanken.

Er steht auf einem Bein.

Schiebt den Po raus.

Zieht ihn wieder ein.

Es sieht aus, als wollte er gleich übers Wasser laufen.

Ich kneife die Augen zu, aber als ich Oma lachen höre, will ich doch sehen, was so lustig ist. Opa fuchtelt mit den Armen. Ein Bein waagerecht nach hinten gestreckt, kippt er mit einem lauten Klatscher um.

»Hast du den Blinker noch, Opa?«, ruft Lisa, während Opa prustend im Wasser strampelt.

Das Wasser tropft von der blauen Schirmmütze in sein Gesicht, als er ans Ufer gewatet kommt.

Er läuft wortlos an ihnen vorbei rauf zum Ferienhaus. In der Eile vergisst er, den Blinker loszulassen, und hätte Oma um ein Haar die Angel aus der Hand gerissen.

»Halt, lass die Angelschnur los!«, ruft sie und läuft hinter ihm her. »Kommt, Mädchen!«

»Lass die Schnur los! Lass die Schnur los!«

Die Mädchen nehmen Opas braune Stiefel und Amandas Angel und folgen ihren Großeltern ins Haus.

Als die Tür ins Schloss fällt, ist alles wieder still.

13

Als ich aufwache, laufen mir Tränen übers Gesicht.

Ich tue so, als würde ich mir den Schlaf aus den Augen reiben.

Will nicht, dass die anderen sehen, dass ich weine.

Anja und Anka sitzen nackt auf der Decke neben mir und spielen mit Stöckchen. Es ist genauso warm wie am Vortag, selbst hier im Schatten.

Mama sitzt etwas abseits und versucht mit einem Stein die Kacke von den Windeln zu kratzen, was ihr aber nicht besonders gut gelingt. Der Gestank verteilt sich weiträumig, wahrscheinlich fliegen selbst die Vögel in einem großen Bogen über uns hinweg.

Ich erinnere Mama daran, dass ich doch Windeln eingepackt habe, aber sie schüttelt den Kopf und meint, dass sie die für später aufbewahren will.

»Aber wir gehen doch wieder nach Hause«, sage ich. »Da sind saubere Windeln. Und im Brunnen ist Wasser.«

Als sie die Windeln in der warmen Luft zum Trocknen ausbrei-

tet, sind sie noch genauso dreckig wie vorher und stinken, wie vollgekackte Windeln eben stinken.

»Wir können nicht zurück nach Hause, Albin«, sagt sie. »Wir müssen so lange weitergehen, bis wir jemanden finden, der uns raushilft aus diesem Krieg. Ich weiß nicht, wie lange das dauern wird, darum müssen wir sparsam mit unseren Sachen umgehen. Wir müssen nach einem Bach suchen, an dem wir unsere Flaschen füllen können. Da wasche ich dann die Windeln, damit sie nicht die ganze Gegend verpesten.«

Ihre Hand riecht leicht nach Kacke, als sie mir lächelnd über die Wange streichelt.

»Der Gestank hat wenigstens den Vorteil, dass einem dabei der Appetit vergeht«, sage ich. »Da hält das Essen länger.«

Trotzdem essen wir ein bisschen Brot. Und trinken das restliche Wasser.

Die Zwillinge fangen an zu heulen, als sie die alten Windeln wieder anziehen sollen. Aber sobald sie in der Karre sitzen und ordentlich durchgeschüttelt werden, als Mama über Stock und Stein fährt, sind die Windeln vergessen und sie lachen wieder.

Es kommen immer mehr Menschen in den Wald. Ein paar kennen wir.

Andere habe ich noch nie gesehen. Die meisten haben schwere Taschen und Koffer und Deckenbündel dabei. Es sind hauptsächlich Mütter, Großmütter und Kinder. Kaum Männer.

Während wir durch den Wald gehen, hören wir mehrmals das Geräusch von Hubschraubern über uns. Aber durch die dichten Baumkronen können wir nichts sehen.

Es klingt wie das Knattern der Maschinengewehre. Ich will nicht daran denken.

Die Menschen vor und hinter uns ziehen die Köpfe ein und gehen weiter.

Irgendwann endet der breite Waldweg. Wir folgen demselben schmalen Pfad wie alle anderen.

Es geht endlos bergauf. Wie sollen wir die Zwillinge und das Gepäck schleppen, wenn wir unsere Schubkarre stehenlassen müssen?

Unsere Rettung ist Orhan. Wir kennen ihn aus unserem Dorf. Er arbeitet in dem Laden seines Onkels, wo wir ab und zu Eier und Gemüse oder ein Kaninchen gegen Waren eingetauscht haben.

Einmal haben wir ein paar rote Bonbons bekommen, die immer noch das Leckerste sind, was ich je gegessen habe.

»Hallo, Orhan«, ruft Mama, als sie ihn sieht.

Er ist alleine.

Wir sitzen auf einem Stein neben dem Pfad und kommen nicht weiter. Die Zwillinge sind in der Schubkarre eingeschlafen.

Die Leute laufen einfach an uns vorbei. Sie haben selbst genug mit ihren Habseligkeiten zu kämpfen.

»Wie geht es dir? Und deinem Onkel? Hat er den Laden noch geöffnet?«

Orhan ist verschwitzt und dreckig, sein T-Shirt ist an mehreren Stellen zerrissen. Er hat kein Gepäck dabei.

»Sie sind alle tot«, keucht er. »Alle sind tot, außer mir. Der Laden ist abgebrannt. Keiner hat es nach draußen geschafft. Als ich zurückkam, waren die Soldaten schon im nächsten Laden. Sie töten jeden, der ihnen vor die Augen kommt, und wen sie nicht erwischen können, fackeln sie ab.«

Mama nimmt Orhan in den Arm. Ich höre, wie er an ihrer Schulter schluchzt. Sie fragt ihn, ob er Hunger hat, aber er ist nicht hungrig, sagt er.

»Vielleicht magst du ja später was mit uns essen«, schlägt Mama vor. »Wenn du mir beim Tragen hilfst, kannst du dich uns gerne anschließen, wir kommen alleine nicht weiter.«

Obwohl er ganz erschöpft aussieht, nimmt Orhan auf jeden Arm ein Mädchen. Und so gehen wir weiter dem Himmel entgegen.

14

Ich bin mit einem Satz im Auto und verstecke mich unter meiner Decke im Fußraum zwischen Rückbank und Vordersitz. Opa will irgendwohin fahren. Endlich geht die Reise weiter.

Die Kofferraumklappe knallt zu. Das Auto wackelt, als Opa sich hinters Steuer setzt. Es ist schrecklich kalt und ungemütlich auf dem Boden. Die Gummimatte ist feucht und der Rucksack drückt gegen meine Rippen.

Opa legt den Gang ein und gibt Gas. Es gibt einen Knall, als würde der Motor explodieren. Wir rollen los. Aus dem Radio erklingt Geigenmusik. Nach einer Weile kommen Nachrichten. Ein Bus und ein Auto sind irgendwo zusammengekracht, irgendwo wird gestreikt, und irgendjemand ist bei einem Bombenattentat getötet worden. Danach folgen die Lokalnachrichten.

»Von dem elf Jahre alten bosnischen Jungen, der vorgestern aus dem Asylbewerberheim geflüchtet ist, gibt es nach wie vor keine Spur.«

Ich mache mich stocksteif und lasse meine Ohren durch die Wolldecke wachsen.

»Der Junge verschwand, während seine Familie darauf wartete, von der Polizei abgeholt zu werden, um zurück nach …«

Opa hat ruckartig angehalten. Die Stimme im Radio ist verstummt.

Ich rühre mich nicht.

Haben die von mir gesprochen?

Ich komme aus Bosnien und bin elf Jahre alt. Der Polizist ist gekommen, um meine Familie abzuholen. Wir haben in dem Asylbewerberheim gewohnt. Bis vorgestern.

Ich werde übers Radio gesucht!

Ich hätte gerne noch mehr gehört. Ob sie was über Mama und die Zwillinge gesagt haben, zum Beispiel.

Ich setze mich vorsichtig auf. Schaue aus dem Fenster, die Decke über dem Kopf. Draußen sind nur Gestrüpp und Steine, Heidekraut und Weißmoos. Weit und breit kein Laden.

Nur ein steiniger Weg, der bergauf führt. Opa ist schon fast oben angekommen. Er hat eine Plastiktüte dabei. Gibt es hinter der Kuppe vielleicht einen Zeitungskiosk?

Ganz leise öffne ich die Tür und steige aus.

Vielleicht ist ja der Tank leer?

Oder das Auto hat mitten in dieser einsamen Gegend eine Panne?

Wo will er hin?

Hier gibt es nicht viele Möglichkeiten, um sich zu verstecken, trotzdem folge ich ihm. Als er hinter der Kuppe verschwindet, laufe ich los.

Stolpere und falle hin.

Komme wieder auf die Beine.

Laufe weiter.

Laufen bin ich vom Fußballspielen gewohnt. Mir wird warm. Ich ziehe den Reißverschluss auf, ohne stehen zu bleiben. Der Rucksack hüpft auf meinem Rücken auf und ab. Ich halte die Decke fest an mich gedrückt.

An der Kuppe muss ich vorsichtig sein, falls Opa dort wartet.

Oben ist die Landschaft plötzlich ganz flach. Vor mir breitet sich eine unendliche Ebene in feurigen Herbstfarben aus.

Ich merke erst jetzt, wie bedrohlich der Himmel über mir aussieht mit den von der Sonne beschienenen schwarzen Wolken. Der Wind hält den Atem an.

Opa ist ein gutes Stück vor mir auf dem Weg, der jetzt sanft abfällt. Wir sind in der totalen Einöde gelandet. Hier gibt es keinen Baum. Kein Haus. Nicht einmal einen alten Schuppen.

Mit einer dünnen Eisschicht überfrorene Schlammpfützen knirschen unter meinen Turnschuhen. Ich traue mich nicht, aufzutreten. Opa könnte mich hören.

Ich schleiche am Wegrand weiter, jederzeit bereit, mich platt auf den Boden zu werfen, falls er sich umdreht. Aber er dreht sich nicht um. Jetzt stapft er quer durchs Heidekraut.

Was macht er hier? Ob Oma wohl davon weiß?

Ich glaube nicht, dass es hier irgendwo einen Laden gibt.

Opa ist über einen kleinen Bach gesprungen. Er bückt sich. Es sieht aus, als würde er ein Loch graben. Dann nimmt er etwas aus der Plastiktüte und legt es in das Loch. Deckt es mit Weißmoos und trockenem Gras zu. Er richtet sich auf.

Gerade noch rechtzeitig kann ich mich auf die Erde schmeißen, ehe er auf mich zukommt.

Er geht so dicht an mir vorbei, dass ich ihn atmen höre.

Wenn er jetzt zur Seite guckt, sieht er mich.

Ich kneife die Augen zu, so fest ich kann.

Nichts passiert.

Als ich mich endlich traue, die Augen wieder zu öffnen, ist er weg. Wie in Luft aufgelöst.

Ich gehe durch das Heidekraut und schiebe das trockene Gras und das Moos beiseite.

Darunter liegt eine Thermoskanne, eine durchsichtige Tüte mit vier Pappbechern und eine Keksdose.

Ich mache die Keksdose auf.

Darin liegen Rosinenbrötchen. In der Thermoskanne ist Kakao.

Ich habe zum Frühstück nur ein paar alte Kekse gegessen, die ich in der Hütte gefunden habe. Ich stopfe ein Brötchen nach dem anderen in mich rein und gieße Kakao aus der Thermoskanne in einen der Pappbecher.

Ich zittere am ganzen Körper.

Nach drei Brötchen und zwei Bechern brühend heißem Kakao beruhige ich mich etwas. Ich verschwende keinen Gedanken an das entfernte Motorengeräusch. Genieße die Brötchen und den Kakao, solange es geht. Es schmeckt einfach himmlisch hier unter dem weiten Himmel, auch wenn ich mir die Zunge verbrenne.

Von den fünf übrigen Brötchen in der Dose stecke ich drei in meine Taschen und lasse zwei darin liegen. Der Kakao ist bis auf den letzten Tropfen ausgetrunken. Er war einfach zu lecker.

Ich bin so mit dem Kakao und den Brötchen und dem tollen Ausblick auf die blauen Berggipfel beschäftigt, dass ich gar nicht bemerke, wie sich ein Elch an mich ranschleicht. Erst als ich ein paar Zweige knacken höre, schaue ich hoch und entdecke das riesige Tier.

Er ist viel größer, als ich mir einen Elch vorgestellt habe.

Wie zwei aufeinandergestapelte Autos.

Nein, drei Autos.

Wie ein Lastwagen.

Höher als ein Lastwagen.

Der Elch sieht mir direkt in die Augen. Bestimmt hat er den Kakao und die Brötchen gewittert.

Soll ich ganz still sitzen bleiben oder so schnell wegrennen, wie ich kann?

Ohne den Elch aus den Augen zu lassen, sehe ich mich nach einem Fluchtweg um. Oder nach einem Versteck. Ehe ich von dem aufgeschreckten Tier zertrampelt werde. Steine knirschen unter seinen Hufen, als er näher kommt.

»Guck mal, Oma, ein Elch!«

Ich kann sie nicht sehen, aber ich erkenne Amandas Stimme.

Der Elch hört sie auch. Er bleibt stehen, schnauft – und macht kehrt. Ich nutze die Gelegenheit und stopfe die Thermoskanne und die Keksdose wieder in das Loch zurück und springe hinter einen Stein.

Der Elch verschwindet in den dunklen Wald.

Oma kommt als Erste. Sie geht schnell. Mit ihrer militärgrünen Jacke sieht sie aus wie ein Soldat.

Ist das etwa ein Gewehr, das über ihrer Schulter hängt?

Der Knäuelball prallt gegen meinen Magen.

Ein riesiger Elch ist beängstigend, eine Großmutter mit Gewehr noch mehr.

Rosinenbrötchen und Kakao drohen wieder hochzukommen.

Ich schlucke mehrmals, um sie daran zu hindern.

Das kann kein Gewehr sein.

Als Nächste kommt Amanda angelaufen. Der weiße Bommel an ihrer Mütze wackelt hin und her. Es scheint ihr nichts auszumachen, dass ihre Oma ein Gewehr dabeihat. Sie lächelt.

Als Letzte kommen Opa und Lisa. Sie ist zappelig wie immer und hüpft beim Gehen.

Als Oma das Gewehr von der Schulter nimmt, sehe ich, dass ich mich natürlich getäuscht habe. Ich habe schon viele Gewehre gesehen, aber keins mit einer runden Platte am unteren Ende. Diese Platte hält Oma nun dicht über die Erde.

Eigentlich sollte ich mich an den Anblick von Gewehren gewöhnt haben. In jedem zweiten Auto, das im Herbst an der Tankstelle hält, sitzen haufenweise Männer in Jagdklamotten und mit Gewehren bewaffnet. Aber ich kann mich einfach nicht daran gewöhnen.

Die Waffen im Schrank von Svens Vater mag ich auch nicht. Auch, wenn der Schrank mit einem dicken Vorhängeschloss gesichert ist. Ich glaube, wir waren mindestens schon ein Jahr befreundet, ehe ich mich getraut habe, an dem Schrank vorbeizugehen.

Lisa nimmt Oma das Ding ab. Zuerst bewegt sie es über der Erde. Dann schwingt sie die runde Platte in die Luft und hält sie vor Opa, als ob sie auf ihn schießen will. Aber Opa lacht nur. Im nächsten Moment ertönt ein Heulton.

Jetzt kapier ich, was das ist. Ein Metalldetektor. Ich habe schon mal etwas über diese Dinger gehört.

Jetzt ist Amanda an der Reihe.

»Such, Hektor, such!«, ruft Amanda und der Bommel an ihrer Mütze tanzt auf und ab.

Und plötzlich fängt »Hektor« an zu heulen, obwohl sie ihn über die Erde und nicht vor Opa hält.

Jetzt kapier ich! Sie sollen die Keksdose und die Thermoskanne finden.

15

Während sie auf einem großen, flachen Stein alles für das Picknick decken, schleiche ich davon. Als der Abstand zwischen uns groß genug ist, renne ich los. Der Kakao schwappt in meinem Bauch.

Zweige knacken, das Eis knirscht unter meinen Schritten. Es kommt mir so laut vor wie ein Gewitter.

Sie müssen mich sehen und hören.

Ich rechne jede Sekunde damit, dass sie mir hinterherrufen, aber es kommt nichts.

Ich renne schneller, als ich jemals in meinem Leben gerannt bin. Bestimmt noch schneller als damals, als wir aus unserem Haus in Bosnien geflohen sind.

Und wieder habe ich Seitenstiche.

Sobald ich über die Kuppe rüber bin, knie ich mich auf den Boden und drücke mit der Faust gegen den Bauch. Es war keine gute Idee, mit so vielen Brötchen im Bauch so schnell zu laufen.

Als ich mich umsehe, entdecke ich weiter unten am Hang mehrere Ferienhäuser verstreut liegen. Und ganz unten am Wasser flattert der Wimpel vor Omas und Opas Haus.

Bergpfade schlängeln sich kreuz und quer den Hang hinunter. Sie teilen sich und führen bis auf die andere Seite des Sees. Ganz weit weg, am Horizont, erkenne ich eine Straße.

Aber wie soll ich dorthin kommen, ohne mich zu verirren?

Ich habe schon viele Geschichten von Menschen gehört, die sich in den Bergen verirrt haben, hier und in Bosnien.

Ich werde noch so lange in der Hütte abwarten müssen, bis Opa das nächste Mal irgendwohin fährt.

Früher oder später müssen sie doch auch mal wieder in den Ort, um Lebensmittel einzukaufen. Brötchen, zum Beispiel.

Ich gehe den steilen Abhang hinunter. Am Auto vorbei. Der Wimpel vor dem Haus zeigt mir, wo ich hinmuss.

Zwischendurch verschwindet er aus meinem Blickfeld, taucht aber immer wieder auf.

Ich gehe zügig, trotz der Seitenstiche. Hebe einen Stein auf und presse meine Hand darum.

Bald sehe ich die kleine Hütte, die mir bisher als Versteck gedient hat.

Drinnen angekommen, nehme ich den runden Stein aus dem Rucksack. Halte ihn lange in der Hand. Spüre die glatte Oberfläche. Ich lege ihn auf den Tisch neben den neuen Stein, der glänzt und scharfe Kanten hat.

Ich schlüpfe aus meinen Turnschuhen und lasse die Steppjacke auf den Boden fallen. Krieche unter die Decke und schlafe auf der Stelle ein.

Irgendwann in der Nacht werde ich wach.

Der Mond scheint durchs Fenster und malt Schattenbilder an die Wände. Es duftet nach Rosen.

Ich kenne den blonden Mann, der auf dem Stuhl am Fenster sitzt und mich ansieht.

Würde ihn überall auf der Welt wiedererkennen.

Ich habe keine Angst vor ihm.

Als ich den Mund öffne, um etwas zu sagen, ist er verschwunden. Ich sage es trotzdem. Vielleicht hört er mich ja, auch wenn ich ihn nicht sehen kann.

»Ich vermisse dich, Papa.«

Meine Stimme hört sich merkwürdig an in der Dunkelheit.

Mir fällt auf, dass ich seit mehreren Tagen nicht mehr laut gesprochen habe.

Hinterher ist es noch stiller. So still, dass ich mir irgendwann die Ohren zuhalte, um wenigstens die Geräusche in meinem Kopf zu hören. Es klingt wie eine brummende Maschine. Oder wie ein riesiger Heizofen.

Ich fühle mich gleich ein bisschen wärmer, von innen heraus.

Ich bleibe im Bett liegen und wärme mich an meinem inneren Ofen.

Am Fußende sitzen und liegen Puppen kreuz und quer durcheinander. Auf dem Regal steht der Troll mit der langen Nase. Aber ich habe keine Angst vor Trollen und Gespenstern, und ganz bestimmt nicht vor alten Puppen.

Ich bin groß und stark und habe vor nichts Angst.

Nicht vor einem Wolf.

Nicht vor der Kälte oder dem Hunger oder dem Alleinsein.

»Alles wird gut, Papa«, sage ich laut ins Nichts hinein.

Es hört sich komisch an mit den Händen auf den Ohren, darum sage ich es noch einmal.

»Alles wird gut, Papa.«

16

Als wir oben ankommen, sehen wir die vielen Rauchsäulen. Der Geruch reicht bis zu uns rauf.

»Da sind Menschen in dem Rauch«, sagt Orhan plötzlich. »Stellt euch all die Seelen vor, die mit dem Rauch in den Himmel steigen.«

»Sag nicht so was«, sagt Mama. Sie sieht erschöpft aus, obwohl Orhan die Zwillinge trägt. »Man braucht doch keinen Rauch, um in den Himmel zu kommen.«

Sie sollen aufhören, über Rauch und Tote zu reden. Hier sind schließlich alle lebendig.

Wir gehen im Gänsemarsch.

Der Geruch von Schweiß mischt sich mit dem Geruch von Rauch und den Kräutern, die am sonnenbeschienenen Hang wachsen.

Vor uns wird es unruhig, aber wir können noch nicht sehen, was los ist. Aber was auch immer da vorn passiert ist, der Menschenzug wird nicht langsamer.

Im Gegenteil, Alte und Junge, mit und ohne Schuhe, werden immer schneller, bis wir nicht mehr Schritt halten können.

Einige überholen uns sogar, folgen weiter dem Pfad, der sich den Berg hinabschlängelt.

Der Wald wird wieder dichter. Endlich kommen wir raus aus der brennenden Sonne in den Schatten.

»Wir müssen Rast machen und was essen«, sagt Mama, die unsere Wasserflaschen aufgefüllt hat.

»Wollen wir damit nicht warten, bis wir wissen, was da vorne los ist?«, fragt Orhan.

Aber Mama will Rast machen und etwas essen.

»Das, was dort ist, läuft sicher nicht weg«, meint sie und geht ein Stück vom Pfad weg.

Wir setzen uns auf einen schattigen Baumstamm und nehmen Brot heraus. Orhan isst viel, obwohl er sagt, dass er nicht hungrig ist.

Ich kriege kaum einen Bissen runter, breche mir aber ein Stück ab und stecke es in die Tasche.

Damit ich mir zwischendurch was in den Mund schieben kann, wenn ich später hungrig werde.

Orhan sieht, was ich tue, und macht es mir nach.

Wären wir nur niemals weitergegangen.

Wären wir bloß an der Stelle, wo wir gesessen haben, versteinert und erst am Ende des Krieges wieder lebendig geworden.

Dann wären wir zurück zu unserem Haus gegangen und alles wäre wie früher gewesen.

Vielleicht hätten wir dort Papa wiedergetroffen? Vielleicht war er ja gar nicht wirklich tot?

Dass die da unten im Wald tot sind, daran besteht jedenfalls kein Zweifel. Orhan rennt mit den Mädchen auf dem Arm so schnell er kann vorbei.

Mama drückt mein Gesicht an ihr Kleid, damit ich nichts sehe.

Aber ich habe es gesehen.

Auf der Erde liegen vier Männer. Ihre verdrehten Körper sind von Kugeln zerfetzt.

In einem Baum hängt eine junge Frau.

Sie ist noch nicht so alt, vielleicht in Orhans Alter. Ihr Kleid ist blau-weiß gemustert, mit braunen Flecken. Erde und Blut, vielleicht.

Der Ausschnitt ist aufgerissen, ich kann ihre Brüste sehen. Das Seil um ihren Hals ist auch blau-weiß. Es ist mit einem Ende am Ast des Baumes festgeknotet.

17

Auf einer Lichtung im Birkenwald brennt ein großes Feuer. Oma und Opa und die Mädchen haben den ganzen Vormittag Zweige gesammelt und ins Feuer geworfen.

Und jedes Mal, wenn sie wieder losgegangen sind, um mehr Holz zu holen, bin ich bis nah an die Flammen herangeschlichen, um mich zu wärmen.

Amanda ist die Schnellste. Lisa hüpft nur in der Gegend herum und spielt.

Sie hat noch nicht viele Zweige gesammelt.

Sie läuft um ihre Schwester herum, bleibt irgendwann vor ihr stehen und schneidet Grimassen.

Sie reißt die Augen auf und schielt. Saugt die Wangen ein und macht einen Fischmund.

Amanda schüttet sich aus vor Lachen. Dann wird sie wieder ernst und sagt streng, dass Lisa jetzt aufhören soll rumzualbern.

Ich habe das letzte Brötchen heute schon ganz früh am Morgen gegessen. Sehr früh. Jetzt knurrt mir schon wieder der Magen.

Oma kommt mit einem großen Korb und sie setzen sich an das Feuer. Sie packt alles Mögliche aus dem Korb aus.

Ich bin enttäuscht und irgendwie erleichtert, als ich sehe, dass es Würstchen gibt. Die darf ich sowieso nicht essen. Vielleicht sollte ich die Gelegenheit nutzen und im Ferienhaus nach etwas Essbarem suchen, aber die Gefahr, entdeckt zu werden, ist groß.

Opa spießt die Würstchen auf lange Stöcke, die sie über die Glut halten. Amandas blondes Haar glänzt in der Sonne. Sie hat heute keine Zöpfe.

Die Würstchen duften so verlockend. Wenn ich doch auch nur welche essen und mit einem langen Stock am Feuer sitzen dürfte.

Dürfte ich Schweinefleisch essen, wenn es das letzte Essbare auf der ganzen Welt wäre?

Ist es wohl erlaubt, Schweinewürstchen zu essen, wenn man vor Hunger kaum noch weiß, wohin?

Das habe ich Mama dummerweise nie gefragt.

Was wäre denn, wenn hier auch mal ein Krieg ausbricht und es nichts anderes mehr zu essen gibt als Würstchen?

Als alle ausgiebig und viel gegessen haben und mein Magen schon gegen diese Ungerechtigkeit zu rebellieren beginnt, packt Oma die Reste zurück in den Korb. Opa geht los, um noch mehr Zweige zu sammeln. Oma folgt ihm.

Der Korb bleibt stehen.

Ich bin so hungrig.

Die Mädchen gehen hinter ihren Großeltern her. Ich schleiche mich an den Korb heran. Will nur mal nachsehen, was sie übrig gelassen haben.

Ketchup und Senf. Vier Becher. Zwei Thermoskannen. Eine Tüte Hotdog-Brötchen.

»Was tust du da?«

Ich mache einen Satz zur Seite, als ich Lisas Stimme direkt an meinem Ohr höre. Der Korb kippt um, alles kullert heraus.

»Oh. Ist das dein Korb?« Ich habe keine Ahnung, was ich sagen soll.

»Ja, wieso?«

»Ich bin zufällig vorbeigekommen und dachte, den hätte jemand vergessen.«

Lisa sieht nicht sehr überzeugt aus.

»Ehrenwort.«

Amanda kommt angelaufen. Jetzt ist es nur noch eine Frage von Sekunden, ehe Oma und Opa mich entdecken.

»Mit wem redest du, Lisa?«

»Weiß ich nicht. Er wollte unseren Picknickkorb klauen.«

»Wollte ich gar nicht.«

»Doch, wolltest du. Vielleicht ist er ja das Stiefeltier, Manda.«

»Ich bin kein Stiefeltier. Was ist überhaupt ein Stiefeltier?«

Keins der Mädchen beantwortet meine Frage, aber Amanda sieht mich an und lächelt.

»Es sind noch Brötchen übrig. Willst du eins?«

»Nein danke.«

Ich glaube es selber nicht, dass ich das sage, obwohl meine Ohren es hören.

»Du kannst aber gerne eins haben. Wir sind satt.«

»Okay. Dann nehm ich eins. Mir knurrt nämlich ziemlich der Magen, weil ich vergessen habe, mir was zu essen für die Wanderung einzustecken.«

Das ist nicht ganz die Wahrheit, aber auch nicht gelogen.

»Gehst du ganz alleine wandern?« Amanda sieht mich

misstrauisch an. »Wo kommst du her? Bist du ganz aus der Stadt hierhergelaufen?«

»Nein, ein Auto hat mich ein Stück mitgenommen, aber jetzt bin ich schon eine ganze Weile zu Fuß unterwegs. Alleine. Seit mehreren Stunden schon. Im Herbst ist es so schön in den Bergen.«

Das ist auch nicht gelogen. Es ist wirklich schön in den Bergen!

Ich nehme das Brötchen und schlinge es hinunter.

»Ich glaube doch, dass er das geheimnisvolle Stiefeltier ist!«, ruft Lisa aufgeregt.

Ich lege den Finger an die Lippen.

»Was ist denn nun ein Stiefeltier?«

»Keine Ahnung«, sagt Amanda. »Wir haben überall geheimnisvolle Fußspuren mit Zickzackstreifen entdeckt, die keiner von uns an seinen Schuhen hat.«

Lisa versucht, meinen Fuß so anzuheben, dass sie die Sohle sehen kann. Amanda gibt mir noch ein Brötchen.

»Würstchen gibt es leider keine mehr«, sagt sie. »Sonst hättest du auch eins haben können.«

»Macht nichts, ich darf eh keine Würstchen essen.«

»Bist du etwa Muslim?« Amanda mustert mich skeptisch. »Du siehst gar nicht aus wie ein Muslim. Ich kenne ein paar, die essen auch keine Würstchen. Aber alle, die ich kenne, haben schwarze Haare. Sind das deine echten Haare, oder trägst du eine Perücke?«

»Ja, das sind meine echten Haare. Warum fragst du?«

»Ach nichts. Magst du heißen Toddy? Wir haben aber keinen sauberen Becher mehr.« Amanda sieht von dem Korb zu mir.

»Das macht nichts. Ich nehme auch einen gebrauchten Becher.«

Ich kann Lisa kaum davon abhalten, meinen Fuß hochzuheben.

Die beiden Mädchen sind schon seltsam.

Ein Stiefeltier mit Perücke!

Der heiße Saft ist genauso schnell weg wie die weichen Brötchen. Zum Glück ist er nicht mehr so heiß, dass man sich den Mund verbrennt. Meine Zunge ist immer noch empfindlich von dem heißen Kakao gestern.

Ich will gerade fragen, ob es vielleicht noch ein Brötchen gibt, als ich ein großes Zweigbündel auf uns zukommen sehe.

Amanda flüstert, dass jetzt Opa kommt, und als die beiden Mädchen sich umdrehen, haue ich ab.

Musste er denn unbedingt so schnell zurückkommen?

Ich schleiche durch den Birkenwald zurück zu der kleinen Hütte. Will meinen Rucksack holen, ehe sie anfangen, nach mir zu suchen.

Der runde Stein fällt mir aus der Hand und rollt unters Bett. Ich knie mich hin und hole ihn mir wieder. Stecke ihn in den Rucksack.

Meine Hand liegt auf der Türklinke, als ich die beiden Mädchen höre.

Ich lasse den Rucksack fallen und schnappe mir die Decke. Mit wenigen Sätzen bin ich auf dem Hängeboden über der Tür.

Ich rolle mich in die Decke ein. Ziehe mir ein Rentierfell über den Kopf, das dort liegt.

Liege ganz still.

Darin bin ich Weltmeister.

Still sein.

Still stehen.

Still sitzen.

Nichts sagen.

Ich kann sogar völlig geräuschlos atmen.

Unsichtbarkeit ist das Allerbeste.

Vor der Hütte wird geflüstert. Die aufgeregten Stimmen der Mädchen. Jemand klopft ans Fenster. Dann sind sie an der Tür.

»Hier ist er nicht, Manda. Komm, lass uns gehen.«

»Ich hab genau gesehen, dass er hierhergelaufen ist. Guck dir mal die Unordnung an. Das kann nur er gewesen sein.«

»Ist es nicht ein bisschen komisch, dass wir einem Einbrecher was zu essen geben, Manda?«

»Ich glaube, der Junge steckt in Schwierigkeiten, Lisa. Das ist was anderes. Wir müssen ihm helfen, auch wenn er hier eingebrochen ist.«

»Und wenn ein Erwachsener bei ihm ist? Er hat doch gesagt, er ist mit jemandem mitgefahren. Stell dir vor, er versteckt sich hier mit einem Erwachsenen.«

»Ich glaube, dass er alleine ist. Im Bus war auch niemand bei ihm. Ich bin dafür, dass wir jetzt da reingehen. Das dürfen wir. Das ist schließlich unsere Hütte.«

Sie haben mich also wiedererkannt. Ich habe völlig vergessen, dass sie mich ja im Bus gesehen haben. *Der Junge steckt in Schwierigkeiten.* Amanda redet wie eine Erwachsene, obwohl sie nur ein Jahr älter ist als ich.

Aber sie hat wohl Recht.

Ich stecke in Schwierigkeiten.

Wie konnte ich mir nur einbilden, dass sie meine Geschichte von dem Wanderausflug glauben? Und wie konnte ich für ein paar dämliche weiche Brötchen riskieren, entdeckt zu werden?

Die Türklinke bewegt sich nach unten.

18

In unserem Menschenzug sind viele Kinder. Der Weg, auf dem wir gehen, ist staubig. Mein Hals ist ganz trocken. Anscheinend staubt es hier unten in der Ebene besonders stark.

Das Wasser ist ausgetrunken, aber noch haben wir etwas Brot.

Wir erkennen die Zelte schon von weitem. Sie zeichnen sich vor dem hellblauen Himmel ab. Das sind die Zelte für die ganzen Flüchtlinge, die von überall hierhergekommen sind, weil hier kein Krieg ist.

Als wir näher kommen, sehen wir die vielen Menschen. Und die Soldaten.

Mama wird langsamer, als sie die Soldaten erblickt, geht aber trotzdem weiter. Niemand bleibt stehen oder kehrt um, niemand biegt ab oder geht in eine andere Richtung. Wir gehen geradeaus weiter direkt auf das Zeltlager zu.

Orhan trägt noch immer Anja und Anka. Er ist erschöpft, aber bald haben wir es geschafft. Dann sind wir bei denen, die uns vor dem Krieg retten sollen.

Ich freue mich, nicht mehr weitergehen zu müssen. Ich freue mich auf ein richtiges Klo.

Vielleicht gibt es ja auch was Gutes zu essen.

Ich denke an kaltes Wasser, als sich plötzlich drei Soldaten vor uns aufbauen.

»Name!«, ruft der eine.

Mama sieht ihnen nicht in die Augen. Vielleicht denkt sie, dass das die Männer sind, die Papa erschossen haben.

Sie drückt meine Hand ganz fest.

»Dhina Prek«, sagt sie und starrt auf den Boden.

Der Soldat, der wie der Chef aussieht, mustert sie von Kopf bis Fuß.

Dann sieht er Orhan an.

»Ist das dein Sohn?«

Mama zögert einen Augenblick.

»Ja, das ist mein Sohn. Er heißt Orhan.«

»Wie alt bist du?« Der Soldat sieht Orhan an.

»Fünfzehn.« Orhan spricht leise, man versteht ihn kaum.

»Setz deine Schwestern ab und komm mit.«

»Aber er muss mir beim Tragen helfen«, sagt Mama. »Ich schaffe das nicht alleine.«

Der Soldat gibt Mama nicht einmal eine Antwort. Er packt Anka am Arm und reißt sie von Orhans Arm herunter. Sie fällt hin und fängt an zu heulen.

Mama schnappt sich Anja und drückt beide Mädchen an sich.

Der Soldat packt Orhan am Arm und zieht ihn mit sich, ehe wir noch etwas sagen können.

Ich stehe da und schaue hinter ihnen her. Bin so auf Orhan konzentriert, dass ich nicht merke, dass einer der Soldaten noch vor uns steht.

»Wie alt bist du?« Der Blick des Soldaten bohrt sich in meine Augen.

»Sag vier«, flüstert Mama mir ins Ohr, während sie so tut, als würde sie meine Haare ordnen.

»Zehn«, rutscht es mir heraus.

Ich will ein großer Junge sein. Wie Orhan.

»Nein, nein, das stimmt nicht. Er ist vier Jahre alt. Vier Jahre.«

Der Soldat hat schmale Augen und ein grimmiges, bärtiges Gesicht. Er zielt mit seiner Pistole auf uns. Dann dreht er sich plötzlich zur Seite und zielt auf einen Jungen, der neben uns steht.

Der Junge schreit und weint und ruft, dass er Hunger hat. Er will was zu essen haben! Jetzt, sofort.

Gulasch mit Paprika und Fleischklößchen mit Parmesan!

Und Nudeln!

Und Bratkartoffeln!

Und frisch gebackenes Brot!

Die Pistole des Soldaten raucht, der Junge verstummt und sackt verdutzt zusammen.

Mama kann nicht schnell genug ihre Hand vor meine Augen legen.

»So! Jetzt musst du dir das Gezeter nicht länger anhören«, sagt der Soldat zu der Frau, die wohl die Mutter des Jungen ist.

Sie heult und schreit genauso laut wie eben noch der Junge, aber der Soldat erschießt sie nicht.

Er geht einfach weg.

Mich scheint er vergessen zu haben.

Nur, wie lange?

19

»Wir sind's.« Amanda ist jetzt in der Hütte. »Wir haben was zu essen dabei.«

»Ist da jemand?«, ruft Lisa so laut, dass ich zusammenzucke. »Hände hoch! Komm aus deinem Versteck!«

»Halt den Mund, Lisa, du hast mich zu Tode erschreckt«, schimpft Amanda. »Und warum soll er bitte die Hände hochnehmen?«

»Ich glaub, er ist nicht hier.« Lisa klingt enttäuscht.

»Hm«, sagt Amanda. »Aber wir müssen auf alle Fälle aufräumen, falls Oma hier gleich vorbeikommt.«

»Dürfen wir den Ofen anmachen?«, fragt Lisa. »Es ist so kalt hier.«

»Ja, Opa hat gesagt, ich darf den Ofen anmachen, wenn wir hier spielen wollen.«

Nach einer Weile fängt es unten an zu knistern. Hoffentlich wissen sie, wie man Feuer macht, und stecken nicht die ganze Hütte in Brand. Wie soll ich dann hier oben rauskommen?

Ich habe ein kleines Astloch im Holz gefunden, durch das ich nach unten gucken kann. Ich sehe den halben Tisch, das Regalbrett, den Ofen und das Fußende des Bettes, wo die Puppen kreuz und quer durcheinanderliegen.

Lisa räumt den Tisch auf und wischt mit einer Serviette den Staub weg.

Amanda setzt die Puppen auf die Stühle und versucht, das Bett zu machen. Nach einer Weile ziehen sie sich die Schneehosen aus, ihre Winterjacken und Wollpullover.

»Da steht auf alle Fälle sein Rucksack.« Amanda hebt meinen dunkelblauen Rucksack vom Boden auf.

Lisa sitzt auf einem der Stühle, den großen Troll auf dem Schoß. »Schade, dass Mama und Papa nicht hier sind. Erinnerst du dich noch, als Mama den Troll für uns gekauft hat?«

Amanda antwortet nicht.

Sie legt den Kopf in den Nacken und guckt direkt zu mir hoch.

Ihre Augen finden zielstrebig das kleine Astloch und sie durchbohrt mich mit ihrem Blick.

Mit einem Satz ist sie auf dem frisch gemachten Bett und greift wenige Zentimeter von meiner Nasenspitze entfernt mit beiden Händen nach der Bodenkante. Wenn ich wollte, könnte ich ihr in die Finger beißen.

Schnell wie der Blitz verdecke ich das Guckloch.

»Du kannst runterkommen, Albin.« Ihre Stimme ist dicht neben meinem Ohr. »Ich weiß, dass du da bist.«

»Ja, wir wissen, dass du da bist!«, ruft Lisa von unten. »Komm raus und Hände hoch! Wo ist er eigentlich, Amanda? Oben auf dem Hängeboden hätten wir ihn doch gesehen.«

»Ich sehe ihn ja auch«, sagt Amanda. »Er liegt unter der Autodecke, die Opa schon die ganze Zeit sucht.«

Ihre Hände packen die Decke, um sie wegzuziehen. Dabei rutscht das Rentierfell weg. Ich klammere mich an die Decke, so fest ich kann, aber Amanda gewinnt das Tauziehen.

»Du kannst runterkommen, ohne die Hände hochzunehmen, Albin.« Amanda lächelt mich an. »Lisa macht nur Spaß.«

Ich kriege keinen Ton heraus.

»Jetzt komm schon runter«, sagt sie und nimmt meine Hand. Ihre Hand ist warm im Gegensatz zu meiner.

»Woher wusstest du, dass ich hier oben liege? Wieso weißt du, wie ich heiße?«

»Ich weiß alles.« Amanda lächelt immer noch. »Jedenfalls fast.«

20

Sie zaubern noch mehr weiche Brötchen aus dem Korb. Eine Banane und Schokolade. In der Thermoskanne ist mehr heißer Saft, oder Toddy, wie sie das nennen. Ich esse, ohne was zu sagen. Die Mädchen beobachten mich. Amanda legt Holz nach. Der Ofen ist fast das Beste.

Die Wärme.

Ich merke, wie ich nach und nach auftaue.

»Jetzt sagt schon, woher ihr meinen Namen kennt.«

»Den haben sie im Radio gesagt.« Amanda lächelt. Ihr Haar schimmert leicht rötlich und die Nase ist von Sommersprossen übersät. Das ist mir vorher noch gar nicht aufgefallen.

»Und weil es auf deinem Rucksack steht.«

»Ich kann auch schon lesen.« Lisa hüpft auf und ab.

»Kannst du nicht, Lisa.« Amanda stößt ihre Schwester in die Seite.

»Doch, kann ich. ABN.« Sie lächelt triumphierend, aber

ich sehe ihr an, dass sie weiß, dass das nicht ganz richtig war.

»Ich habe das auch im Radio gehört, aber ich habe nicht alles mitbekommen. Als Opa das Auto abgestellt hat, ist das Radio ausgegangen.«

»Opa hat das Auto abgestellt?«

»Welcher Opa?«

»Unser Opa?«

»Wann?«

Sie reden durcheinander und sehen mich verwirrt an. Also erzähle ich ihnen alles von Anfang an und der Reihe nach. Von dem Augenblick an, als der Anruf vom Polizisten kam, dass wir zurück nach Bosnien geschickt werden sollten.

Amandas und Lisas Augen werden immer größer.

»Hast du gar keine Angst so alleine?«, fragt Amanda, als ich am Ende meiner Geschichte angekommen bin.

»Nein, nicht besonders. Früher hatte ich viel mehr Angst. Aber nachts war es schon etwas unheimlich. Besonders, als der Wolf draußen geheult hat.«

»Hier gibt es doch keine Wölfe.« Lisa hat ihren Stuhl dicht neben meinen geschoben. »Höchstens Füchse. Das war bestimmt der Fuchs, den du gehört hast. Wir haben den Fuchs auch heulen hören. Oma sagt, er bellt, wenn er hungrig ist. Wir füttern ihn mit Würstchen, die mag er am liebsten. Warum hast du uns nicht eher gefragt? Dann hätten wir dir sagen können, dass es nur der Fuchs war. Füchse sind nicht gefährlich, die sind doch süß.«

»Bist du wirklich Muslim? Du siehst so norwegisch aus.« Amanda sieht mich an.

»Findest du? Ich bin aber kein Norweger. Ich bin Bosnier.«

»Aber du bist blond und hellhäutig.«

»So wie es viele dunkelhaarige Norweger gibt, gibt es eben auch blonde Bosnier. Bei meiner Geburt war mein Haar fast weiß. Darum heiße ich Albin.«

»Und du sprichst genau wie die aus der Stadt.«

»Das liegt wohl daran, weil ich ein bisschen norwegisch geworden bin. Ich lebe schon fünf Jahre hier.«

Lisa will wissen, warum ich nicht zurück nach Bosnien will.

Das ist nicht so einfach zu erklären. Obwohl ich die ganze Zeit daran denke, kann ich nicht alles sagen. Das ist das Tolle an Sven, er fragt nicht viel.

Ich erzähle Amanda und Lisa, dass wir aus unserem Haus fliehen mussten, aber nicht, warum. Das schaffe ich nicht. Ich erzähle von den ekligen, offenen Abflussrinnen im Flüchtlingslager. Das fällt mir nicht schwer. Offen herumfließende Scheiße bei vierzig Grad Hitze. Und alle, die was trinken wollen, müssen denselben Becher benutzen. Von den vielen Leichen kann ich auch nicht erzählen.

»Ich kann nicht zurück, obwohl der Krieg vorbei ist. Nach dem Krieg leben kaum noch Muslime dort, wo wir gewohnt haben. Die meisten sind umgebracht worden oder geflohen. Es ist dort immer noch gefährlich für uns, sagt Mama. Wir können nicht zurück. Außerdem bin ich jetzt bald der Mann in der Familie, und die werden in Srebrenica erschossen. Wer soll dann auf Mama und die Zwillinge aufpassen? Ich bin weggelaufen, weil ich dachte, dass Mama und meine Schwestern in Norwegen bleiben dürfen, wenn sie mich nicht finden. Aber der Polizist hat sie trotzdem abgeholt. Vielleicht sehe ich sie nie wieder.«

Zum ersten Mal, seit ich angefangen habe zu erzählen, lächelt Amanda.

»Dann weißt du gar nicht, dass deine Familie auf dich wartet? Das haben sie jedenfalls im Radio gesagt.«

»Stimmt das?«

Ich springe auf und würde Lisa und Amanda am liebsten umarmen, was ich natürlich nicht tue. Stattdessen laufe ich einmal durch den Raum. Halte die Hände vor die Flammen im Ofen. Drehe mich um und spüre, wie die Wärme mir den Rücken emporstreicht.

»Ist das wirklich wahr? Seid ihr ganz sicher, dass sie von meiner Familie gesprochen haben?«

»Ich kann mir nicht vorstellen, dass es so viele Jungs gibt, die Albin Prek heißen«, sagt Amanda. »Wir haben ja gesagt, dass wir deinen Namen öfter im Radio gehört haben. Kann sein, dass sie auch ein Bild von dir im Fernsehen gezeigt haben, aber in Omas und Opas Ferienhaus gibt es keinen.«

»Dann ist es jetzt umso wichtiger, dass sie mich nicht finden. Darum bin ich schließlich abgehauen. Damit wir nicht zurückgeschickt werden. Bitte, erzählt niemandem, dass ich hier bin. Bitte, bitte.«

Als die Tür hinter ihnen zugeht, wärme ich meine Hände an dem Ofen. Ich würde ja gerne mehr Holz nachlegen, aber nachher schöpft noch jemand Verdacht. Stattdessen kuschele ich mich unter die Decke.

21

Als ich schon nicht mehr daran glaube, jemals wieder diesen warmen, engen Bus zu verlassen, halten wir vor einem flachen Gebäude.

Ich ertrage nicht noch mehr Schießereien und brüllende Soldaten, darum mache ich mich ganz klein. Krümme mich auf dem Schoß zusammen, auf dem ich sitze. Die Frau ist inzwischen eine andere.

Der Bus ist im Laufe des Tages mehrmals angehalten worden.

Und jedes Mal mussten wir aussteigen und uns in einer langen Reihe aufstellen.

Die Soldaten sind auf und ab marschiert. Vor uns und hinter uns.

Sie haben Fragen gestellt: Wie wir heißen. Wo wir herkommen. Und immer wieder, wie alt ich bin.

Ich habe nicht noch einmal gesagt, dass ich zehn Jahre alt bin. Mama hat mir erklärt, wieso ich »Vier« antworten muss. Also sage ich »Vier« und hoffe, dass sie nicht wissen, wie die Zähne eines Sechsjährigen aussehen.

Bis jetzt musste ich meine Zähne noch nicht zeigen, aber ein paar Frauen wurden gezwungen, ihre Hosen runterzuziehen.

Um zu beweisen, dass sie keine verkleideten Männer sind.

Von einigen könnte man das tatsächlich denken. Eine der Frauen im Bus hat sogar einen Bart.

Aber sie ist eine Frau, das habe ich gehört. Obwohl Mama mein Gesicht in den Stoff ihres Kleides gedrückt hat, der ganz hart von Papas Blut war.

Ich bin nur froh, dass Mama keinen Bart hat.

Schon nach dem ersten Halt sind keine Männer mehr im Bus. Nun bin ich der älteste Junge und bei jedem Stopp müssen weitere Passagiere aussteigen.

Mama hat gesagt, dass die Kranken und Schwächsten rausmüssen.

Sie ist eingeschlafen, schreckt aber mit einem Ruck aus dem Schlaf hoch, als die Bustüren aufgehen. Ein Mann ruft in gebrochenem Bosnisch, dass wir aussteigen und in das Gebäude gehen sollen.

Dort kann, wer will, auf die Toilette gehen und sich waschen.

Ich darf nach langer Zeit endlich wieder auf ein richtiges Klo gehen.

Alle sollen etwas zu essen bekommen.

Ein paar Leute wagen ein vorsichtiges Lächeln. Hoffentlich stimmt, was der Mann sagt. Hoffentlich werden wir nicht wieder belogen.

Der Mann ist von der UN-Schutztruppe. Ich habe schon öfter UN-Leute gesehen, aber die haben uns nicht geholfen. Dieses Mal bekommen wir Kartoffelsuppe. Das ist die beste Kartoffelsuppe, die ich jemals gegessen habe.

Und wir bekommen Wasser. Ich trinke, so viel ich kann, aus einem sauberen Glas, das ich ganz für mich alleine habe.

Jemand schreibt unsere Namen auf.

»Jetzt sind wir richtige Flüchtlinge«, sagt Mama. »Jetzt wird uns geholfen.«

22

Die ganze Nacht heult der Wind um die Hütte. Er schleicht sich durch alle Spalten der Bretterwand. Die kalte Zugluft gelangt überallhin. Nicht einmal die dicke Bettdecke, unter der ich liege, kann sie abhalten.

Meine Füße fühlen sich trotz der Wollsocken an wie Eiszapfen. Ich wälze mich bestimmt tausendmal hin und her, ehe ich nach vielen Stunden erschöpft einschlafe.

In meinem Traum ist mir warm.

Um mich herum flattern Schmetterlinge. Ich esse Brötchen und trinke heißen Kakao. Ein Chamäleon krallt sich an meinem Rücken fest und flüstert etwas in mein Ohr.

»Aus Erde bist du gemacht, zu Erde sollst du wieder werden.«

»Nein!«, ruft Papa und schlägt mit seinen weißen Flügeln. »Nein!«

»Die Seele steigt mit dem Rauch in den Himmel. Ohne Rauch keine Seele.« Orhan steht neben Papa.

Ich treibe auf einer Eisscholle. Es ist ganz warm. Die Eisscholle ist gar nicht kalt.

Ich höre leise Stimmen. Sie sagen, dass ich weiterschlafen soll. Wie gut. Ich will noch nicht aufwachen.

Ich will Papa wiedersehen. Mit ihm reden. Ihm sagen, wie schrecklich wir ihn vermissen. Jeden Tag.

Ich sitze in einem Flugzeug. Einem riesigen Flugzeug. Es ist schneller als der Wind.

Als wir am Ziel sind, kommt der Kapitän. Er trägt mich raus in die dünne Luft auf dem Mond.

Die Luft ist kalt und bläst mir mit solcher Wucht ins Gesicht, dass es mir fast den Atem verschlägt.

Kichernde Mädchen gibt es auf dem Mond. Und ernste Erwachsenenstimmen.

Vielleicht wohnen die Engel ja auf dem Mond?

Der Engelschor singt in Mondsprache.

»Schlaf weiter, Albin. Wir bringen dich ins Warme.«

Merkwürdig, dass die Mondbewohner wissen, wie ich heiße. Wahrscheinlich hat Papa es ihnen erzählt.

Als ich durch die rote Tür getragen werde, werde ich kurz wach. Ich kann weder meine Arme noch meine Beine bewegen.

Ich kann nicht weglaufen.

Opa trägt mich – in die Decke eingewickelt. Seine Jacke kratzt an meiner Wange.

Im Flur steht Oma. Sie hat meinen Rucksack in der Hand.

»Armer Junge. Mein armer kleiner Schatz.«

»Lass mich runter! Lass mich runter! Ich will hier weg! Du sollst mich nicht tragen.«

Ich bin in der Decke gefangen. Meine Schreie hören sich wie ein Piepsen an.

»Du bist ein mutiger Junge«, sagt Opa. »Aber du kannst nicht den Winter über in der Blockhütte bleiben. Da erfrierst du doch. Und was willst du essen? Es ist doch sinnlos, den Krieg in Bosnien zu überleben, um am Ende in den norwegischen Bergen zu sterben. In einigen Tagen fahren wir zurück nach Oslo, dann ist hier ein paar Monate lang keine Menschenseele. Ein kleiner Junge kommt hier oben im Winter nicht allein zurecht.«

Ich sage nicht, dass ich auch nach Oslo will. Ich kriege eine Gänsehaut, als ich daran denke, dass ich es nur ein paar Tage länger hätte durchhalten müssen, um dorthin zu kommen. Ein paar Tage ohne was zu essen hätte ich schaffen können.

Opa trägt mich ins Badezimmer. Er zeigt mir die Dusche.

»Jetzt dusch erst einmal schön warm«, sagt er. »Dann kannst du den Schlafanzug anziehen, den ich dir auf den Stuhl gelegt habe. Der gehört Amanda. Da hast du Glück gehabt, dass sie Schlafanzüge trägt und keine Nachthemden.«

Ich schaue zum Fenster. Opa folgt mir mit seinem Blick.

»Da kommst du nicht raus, das Fenster lässt sich nicht öffnen. Wenn du fertig bist, zeige ich dir, wo du schlafen kannst. Und morgen überlegen wir gemeinsam, wie es weitergeht.«

Ich mache schnell die Tür hinter ihm zu. Gehe zum Fenster und probiere, ob ich es nicht doch aufbekomme. Da höre ich Opa im Zimmer nebenan pfeifen und ziehe hastig die Hand zurück.

Im Bad ist es schön warm.

Ich ziehe meine Sachen aus.

Am Ende stehe ich nackt da. Aber ich friere nicht.

Ich entspanne mich zum ersten Mal seit vielen Tagen, als der warme Wasserstrahl meinen Rücken trifft. Ich bleibe so lange stehen, bis das Wasser kälter wird.

Als ich aus der Dusche steige, fängt plötzlich der Knäuelball in meinem Magen an in einem irrsinnigen Tempo herumzusausen.

Wie geht es jetzt weiter?

Es klopft an der Tür. Oma.

»Bist du fertig, Albin?«

Ich schlucke.

Kriege keinen Ton heraus. Ihre Stimme klingt so nett.

Aber ich kann nicht hier bleiben, oder?

Vielleicht noch diese Nacht?

Wo sind eigentlich meine Anziehsachen?

Ich möchte nicht unbedingt in einem Schlafanzug abhauen, auf dem rosa Frösche drauf sind.

Ich schiebe meine Füße in ein Paar große, graue Pantoffeln, öffne die Tür und schlurfe auf den Flur.

Oma sitzt auf einem Stuhl und strickt. Sie steht auf, als ich aus dem Bad komme. Winkt mich hinter sich her. In einer Ecke vom Wohnzimmer steht ein hohes, breites Bett.

»Da kannst du heute Nacht schlafen«, sagt sie. »Opa und ich schlafen gleich nebenan, wenn was ist.«

23

Als ich am nächsten Morgen wach werde, liegen meine Kleider ordentlich zusammengefaltet auf einem Stuhl neben dem Bett. Im Ofen knistert ein Feuer, und meine Nase ist so warm wie schon lange nicht mehr. Amanda und Lisa spielen ein Spiel. Oma kommt herein.

»Schön, dass du wach bist, dann können wir ja frühstücken. Du hast sicher einen Bärenhunger.«

Sie zieht eine Schiebetür vors Bett, die ich vorher noch gar nicht bemerkt habe.

»So, nun kannst du dich ungestört anziehen. Deine Kleider liegen auf dem Stuhl.«

Der Esstisch vor dem Fenster ist mit Tellern, Gläsern und brennenden weißen Kerzen gedeckt.

Amanda und Lisa sehen mich an, als ich hereinkomme.

»Tut mir leid«, sagt Lisa. »Das war keine Absicht. Es ist mir so rausgerutscht.«

»Sie hat Oma eine Geschichte von einem vermissten Jungen erzählt, den sie getroffen hat, und nicht bedacht, dass Oma neugierig werden könnte«, sagt Amanda. »Ist ein bisschen schiefgelaufen. Tut uns echt leid.«

Ich nicke nur. Weiß nicht, was ich sagen soll.

Oma und Opa reden über ganz alltägliche Dinge. Über das Wetter und Elche und so was.

Ich sage noch immer nichts. Amanda und Lisa sind ausnahmsweise auch nicht sehr gesprächig.

Ich habe mehrere Tage in der kleinen Hütte gewohnt. Bin halb erfroren und hab kaum was zu beißen gehabt.

Und jetzt sitze ich hier in Omas und Opas kuschelig warmem Wohnzimmer an einem üppig gedeckten Tisch.

Das ist so verrückt, dass ich kaum einen Bissen runterkriege.

In meinem Kopf wirbelt alles durcheinander.

Ich habe keine Ahnung, was ich tun soll.

Nach dem Frühstück bringen Amanda und Lisa mir das Spiel bei. Wir spielen stundenlang. Dann gibt es wieder was zu essen. Oma hat einen großen Teller Waffeln gemacht.

Noch immer hat mich keiner nach meinen Plänen gefragt oder gesagt, was mit mir passieren soll.

Im Laufe des Nachmittages geht Opa mehrmals ans Fenster und schaut hinaus.

»Siehst du den Fuchs?«, fragt Lisa.

»Den Fuchs? Nein. Nein, den Fuchs habe ich heute noch nicht gesehen, Lisa-Mädchen«, sagt Opa. »Wir legen ihm später was zu fressen raus. Vielleicht kommt er ja bald. Man weiß nie, wo der Fuchs sich rumtreibt.«

Ich habe die viel zu großen Pantoffeln wieder gegen meine Turnschuhe getauscht. Lisa hat festgestellt, dass die Sohle ein Zickzackmuster hat, und mich damit als das geheimnisvolle Stiefeltier entlarvt, nach dem sie die ganzen Herbstferien gesucht haben.

Ich lese gerade ein Donald-Duck-Heft, als der schwarze Kombi angerollt kommt. Ich schaue neugierig durchs Fenster. Das Auto habe ich hier bisher noch nicht gesehen.

Es bleibt vor dem Haus stehen.

Die Autotür geht auf.

Der weiße Bart des Polizisten leuchtet wie eine Lampe in dem grauen Nachmittag. Ehe er die Haustür erreicht hat, habe ich mich hinten rausgeschlichen.

24

Ich verschwinde im Turbotempo in dem gespenstischen Birkenwald.

Ein unheimlicher, grauer, eiskalt feuchter Nebelschleier hängt zwischen den Bäumen. Ich springe über den Bach, der kaum Wasser führt, und stolpere den Hang auf der anderen Seite nach oben.

Dann hat Opa also doch die Polizei angerufen. Ohne mich nach meinen Plänen zu fragen.

Zwei fast weiße Hasen hoppeln davon, als sie mich aus dem Wald stürmen sehen.

Der Wind schiebt mich zu ein paar Büschen und niedrigen Bäumen hinüber, die sich im Wind biegen.

Meine Hände sind vor Kälte völlig gefühllos. Meine Beine weich und kalt wie Softeis.

Ich bin in ein Sumpfloch getreten und habe nasse Füße. Das Gestrüpp streckt seine langen Zweigarme nach mir aus.

Ich stelle mich in den Windschatten einer Blockhütte, um zu verschnaufen, als ich ein Auto höre.

Hätte ich bloß einen Schal und Handschuhe und Stiefel dabei. Noch besser einen Schneeanzug.

Aber ich habe nichts von alledem. Noch nicht mal eine Jacke.

Plötzlich wirbeln weiße Schneeflocken durch die Luft und bleiben an dem braunen Wollpullover hängen, den Amanda mir geliehen hat.

Jetzt friere ich sogar im Mund.

Als es dämmrig wird, sehe ich hinter einer Hausecke einen Bären. Er knurrt dumpf und fixiert mich mit funkelnden Augen. Ich bin so erschöpft, dass ich denke, dass so ein Bär schon nicht so gefährlich sein wird. Ich gehe einfach weiter. Als ich fast bei ihm bin, wird er zu einem Wolf, der sich am Ende als langer grauer Stein entpuppt.

Jetzt habe ich schon Angst vor Steinen und Schatten und Geräuschen, die gar nicht da sind.

Hört die Angst nie auf?

Mama sagt, ich müsste alles vergessen, was in Bosnien passiert ist. Das ist aber nicht so einfach.

Sie kann es ja auch nicht vergessen.

Immer wieder redet sie von unserer Flucht.

Und dass Papas letztes Wort zu ihr »Lauf!« war.

Der kalte Wind bläst durch meine Kleider und meine Haut, bis in meinen Bauch.

Auf der Straße fährt ein Auto vorbei.

Ich werfe mich in die schneenasse Heide.

Das Auto bleibt stehen.

Eine Männerstimme ruft etwas. Ich stehe auf und laufe los.

Ich laufe schnell.

Stolpere.

Ist jemand hinter mir her?

Mein Keuchen übertönt alle Geräusche.

Der scharfe Wind treibt mir Tränen in die Augen.

Ich sehe nichts mehr.

Da ist jemand hinter mir.

Jemand, der auch schnell läuft.

Jemand, der auch keucht.

Ich traue mich nicht mich umzudrehen.

Dieses blöde Gestrüpp.

Als ich falle, stürzt sich das Tier auf mich.

25

In Todesangst rolle ich mich wie ein Igel zusammen, die Hände im Nacken verschränkt. Spüre den heißen Atem über mir.

Als ich denke, jetzt beißt das Viech zu, ruft eine Stimme: »Keine Angst. Hero tut dir nichts.«

Hero? Svens Hund Hero?

Sicherheitshalber rühre ich mich nicht vom Fleck, bis ich merke, dass das Tier sich zurückzieht.

Da wage ich einen vorsichtigen Blick.

Der Polizist hockt neben mir. Neben ihm steht Hero.

»Du brauchst keine Angst zu haben. Du kennst Hero doch.«

Der Hund wedelt mit dem Schwanz.

Auf seiner Zunge schmelzen Schneeflocken. Der Polizist tippt mir vorsichtig auf die Schulter.

»Alles In Ordnung mit dir, Albin? Ich bin's, erkennst du mich nicht?«

Ich nicke. Natürlich erkenne ich den Polizisten. Er ist der Vater von Sven, meinem besten Freund.

Wir gehen zusammen zum Auto. Ich setze mich auf die Rückbank. Heros Platz ist im Kofferraum. Der Polizist setzt sich hinters Steuer. Der Motor springt an, wir rollen los.

»Wo fahren wir hin?«

Er sieht mich im Rückspiegel an, lächelt, sagt aber nichts.

Nach wenigen Minuten bleibt das Auto vor Omas und Opas Ferienhaus stehen. Die Tür wird aufgerissen und füllt sich mit Menschen.

»Du bist mir ja ein echter Meister im Weglaufen«, stellt Opa fest.

»Kommt rein«, sagt Oma. »Draußen ist es viel zu kalt. Außerdem ist hier drinnen jemand, der dir gerne Hallo sagen würde.«

Der mir Hallo sagen will?

Ist Sven vielleicht mitgekommen, schießt es mir durch den Kopf. Aber es ist nicht Sven.

Hinter den anderen stehen Mama, Anja und Anka.

Ich stehe wie angewurzelt auf der Türschwelle und blinzele wie ein Verrückter. Ich kann gar nichts dagegen machen.

»Damit hast du wohl nicht gerechnet, was?«, sagt Lisa strahlend.

»Du kannst doch nicht einfach weglaufen, wo wir dich endlich gefunden haben, Albin-Schatz«, sagt Mama.

Dann verzerrt sich ihr Gesicht und sie beginnt, laut zu schluchzen. Ich schlinge meine Arme um ihren Hals und kann gar nichts dagegen tun, dass meine Augen einfach überlaufen.

Meine Tränen mischen sich mit Mamas, und ich denke bei mir, dass ihre Nähe mich mehr wärmt als alles andere.

»Geliebter Albin«, schluchzt sie in mein Ohr. »Du darfst nie wieder weglaufen. Niemals. Versprichst du mir das?«

»Ich verspreche es, Mama, ich verspreche es.«

Ich bücke mich, um die Zwillinge ganz fest zu drücken, die an meinem Pullover ziehen, während ich versuche, unauffällig meine Tränen wegzuwischen.

Über meinem Kopf höre ich den Polizisten reden.

»Der Ausweisungsbescheid wurde möglicherweise auf Grund falscher Voraussetzungen erteilt.«

»Das heißt noch nicht, dass wir eine endgültige Aufenthaltsgenehmigung haben«, sagt Mama.

»Aber die Chance, dass ihr bleiben könnt, wird dadurch größer«, sagt der Polizist. »Es wird sicher eine Weile dauern, den Fall neu aufzurollen. In der Zwischenzeit könnt ihr in eurer alten Wohnung wohnen. Und Albin kann wieder zur Schule gehen.«

Ich drücke die Zwillinge noch fester.

Vielleicht.

Vielleicht dürfen wir bleiben.

Freunde durch dick und dünn

Rachel Campbell-Johnston
Der Junge und der Elefant
416 Seiten
Taschenbuch
ISBN 978-3-551-31497-0

Als der Hirtenjunge Bat in der Savanne ein verwaistes Elefantenjunges entdeckt, nimmt er es mit in sein Dorf. Bat weiß, dass das Elefantenmädchen Meya eines Tages in die Wildnis zurückkehren muss. Trotzdem trifft ihn der Abschied mitten ins Herz. Auch die Idylle des Dorflebens findet ein jähes Ende, als Rebellen Bat und seine Freundin Muka entführen, um sie zu Kindersoldaten auszubilden. Doch in ihrer größten Verzweiflung geschieht etwas Magisches. Etwas, auf das Bat seit langem gehofft hat.

CARLSEN

www.carlsen.de

Flucht in ein besseres Leben

Dirk Reinhardt
Train Kids
352 Seiten
Taschenbuch
ISBN 978-3-551-31614-1

Zu fünft brechen sie auf: Miguel, Fernando, Emilio, Jaz und Ángel. Die Jugendlichen haben ein gemeinsames Ziel: Sie wollen es über die Grenze in die USA schaffen. Vor ihnen liegen mehr als zweieinhalbtausend Kilometer durch ganz Mexiko, die sie als blinde Passagiere auf Güterzügen zurücklegen müssen. Nicht nur Hunger und Durst, Hitze und Kälte sind ihre Gegner – unterwegs lauern auch zahlreiche andere Gefahren: Unfälle, Banditen, korrupte Polizisten, Drogenhändler und Menschenschmuggler. Doch wenn sie zusammenhalten, haben sie eine Chance!

CARLSEN

www.carlsen.de